चल खुसरो घर आपने

चल खुसरो घर आपने

शिवानी

राधाकृष्ण प्रकाशन

ISBN : 978-81-8361-287-6

चल खुसरो घर आपने

पहला (राधाकृष्ण) संस्करण : 2006
पाँचवाँ संस्करण : 2025

मूल्य : ₹495

प्रकाशक
राधाकृष्ण प्रकाशन प्राइवेट लिमिटेड
जी-17, जगतपुरी, दिल्ली-110 051
शाखाएँ : अशोक राजपथ, साइंस कॉलेज के सामने, पटना-800 006
पहली मंजिल, दरबारी बिल्डिंग, महात्मा गांधी मार्ग, प्रयागराज-211 001
1, अनमोल सोराबजी संतुक लेन, धोबी तलाव, मरीन लाइंस, मुम्बई-400 002
वेबसाइट : www.radhakrishnaprakashan.com
ई-मेल : info@radhakrishnaprakashan.com

मुद्रक
विकास कम्प्यूटर एंड प्रिंटर्स
ट्रॉनिका सिटी-201 102

CHAL KHUSARO GHAR AAPNE
Novel by Shivani

चल खुसरो घर आपने

क्रम

चल खुसरो घर आपने

अपना सूटकेस हाथ में लटकाए ही वह उतर गई। एक क्षण को, उस बियाबान स्टेशन का सन्नाटा, उसे सहमा गया था। यदि, कोई उसे लेने आया तब? क्या करेगी वह? एक लुंगीधारी काला कदर्य व्यक्ति, उसे घूरे जा रहा था। अचानक, अम्मा के सरल घबराए चेहरे की स्मृति, उसे विकल कर उठी! कितनी बार अम्मा, उसे समझा-बुझाकर हार गई थी : 'मुझे तेरा उतनी दूर जाना, जरा भी अच्छा नहीं लग रहा है कुमू : चार दिन रुक जाती तो मैं बड़े भैया को बुला लेती, तुझे पहुँचा भी आते और देख भी आते कि कैसे लोग हैं। और फिर, तेरी यहाँ की नौकरी कौन बुरी है? अखबारी विज्ञापन का क्या ठिकाना? अभी कहते हैं इतनी तनख्वाह देंगे, जब न दें तो तू अकेली उस अनजान शहर में क्या कर लेगी?'

किन्तु, कुमुद को उस शहर का एक-एक पल जैसे काट खाने को दौड़ रहा था। धर्मभीरू अम्मा का, छोटी बहन उमा का, जिसे उसने कुछ ही दिन पहले मार-मार कर बेदम कर दिया था, और छोटे उद्दण्ड भाई लालू का सान्निध्य, अब वह जैसे एक पल भी सह नहीं पा रही थी। उसने यह निश्चय बहुत सोच-विचार कर ही किया था, प्रत्येक सम्भावना को उसने रात-रात जगकर अपने विवेक की तुला से तौल कर ही इतनी दूर आने का फैसला किया था। वह कुछ दिन और लखनऊ रह जाती तो निश्चय ही मानसिक सन्तुलन खो बैठती। उमा ने क्या उसे कहीं मुँह दिखाने लायक रखा था? उसे लगने लगा था कि भाई, बहन, माँ प्रतिवेशी सब उसके दुश्मन बने—भाला लिये उसकी ओर दौड़े चले आ रहे थे। सहसा उस बीहड़-से स्टेशन में खड़ी कुमुद का हृदय, एक अज्ञात आशंका से काँप उठा। अम्मा ने ठीक ही कहा था, ऐसे उन अनजान शहर में उसका बिना किसी से कुछ पूछे केवल एक पत्र का सूत्र पकड़ चले आना, बचपना मात्र था। वह एक बार फिर, इधर-उधर देखने लगी, तार तो उसने भेज दिया था, तब भी क्या कोई उसे लेने नहीं आया?

"मिस साहब!" वही लुंगीधारी सहसा उसकी ओर बढ़ आया—"माफ करें सरकार, आप लखनऊ से तो नहीं आईं?"

"हाँ क्यों?" कुमुद ने कुछ सहमकर ही उसे सन्दिग्ध दृष्टि से देखा।

"साहब ने हमें लेने भेजा है, खुद आ रहे थे, पर रानी साहिबा की तबीयत खराब हो गई, कहने लगे—नूरबक्श तुम्हीं चले जाओ। लाइए हुजूर, सूटकेस मुझे दीजिए।"

बड़ी सधी नम्रता से उसने, उसके हाथ से सूटकेस ले लिया और आगे-आगे चलने लगा। अपनी बड़ी-बड़ी सहमी आँखों से इधर-उधर देखती कुमुद, उसके पीछे-पीछे चली जा रही थी। एक-एक पैर, जैसे बीस-बीस सेर का हुआ जा रहा था; यदि यह कोई गुंडा हुआ तब? यदि, साहब का भेजा गया आदमी था, तो पहले दूर ही खड़ा-खड़ा, उतनी देर से उसे क्यों घूरे जा रहा था? पहले ही क्यों न लपड़ आया? इतनी देर तक, वह क्या कोई कुटिल योजना बना रहा था? उसे पहचानने में उसे इतना समय क्यों लग गया? उस छोटे से स्टेशन पर, उस ट्रेन से उतरनेवाली वही तो एकमात्र सभ्य महिला थी, जो दो-तीन बक्से-बुक्से लेकर उतरी भी थीं, बाकी सब भुच्च देहातिनें थी। खैर, बाहर चलकर देख लेगी, यदि कार आई होगी तो सन्देह का प्रश्न ही नही उठता था, यदि गुंडा ही होता तो कैसे जान लेता कि इस ट्रेन से वही उतरेगी?

स्टेशन का बहिरंग उसे और भी उजड़ा वीरान लगा, एक लाइन में खड़े कुछ मरियल से घोड़े-जुते इक्के, फर्श पर पसरे यात्री, बुर्काधारिणी पच्च-पच्च पान थूकती महिलाएँ, रिरियाते बच्चे। दुर्गन्ध के तीव्र भभके के बीच से, तीर सी निकल बाहर आई तो जैसे जान में जान आई।

"आइए सरकार, आप बैठें, मैं सूटकेस पीछे रख दूँ," उसने कार का द्वार खोला, रेशमी लेस लगे पर्दों में सँवरी, उस फिएट को देख, कुमुद आश्वस्त होकर बैठ गई। "क्या नाम है तुम्हारा?" कार नम्बर उसने मन-ही-मन नोट कर लिया था, चालक का नाम भी उसे जान लेना चाहिए, वह बड़ी देर से यही सोचकर भी संकोचवश नाम नहीं पूछ पा रही थी।

"जी, नूरबक्श कहते हैं खादिम को!"

"नूरबक्श, यहाँ से कितनी दूर अभी और जाना होगा?"

दिन ढल चुका था, उस उजाड़ कस्बे की वीरानी भी जैसे पुरवैया झोंके के साथ-साथ, उससे लिपटती जा रही थी। उस भयावह चेहरे के चालक के साथ, उसे अकेली जाने में, एक बार फिर एक अजीब भय की सुरसुरी उसके

सर्वांग को सिहरा गई।

"यही कोई दस किलोमीटर होगी साहब की कोठी—बस ये चले और ये पहुँचे!"

"हे राम, दस किलोमीटर!" कोई अजनबी भी यदि उस पल, कुमुद से कार चलने से पूर्व, वहीं उतर लखनऊ चलने का प्रस्ताव रखता तो वह शायद, तत्काल वहीं उतर पड़ती। यह कैसी मूर्खता कर बैठी थी, वह! क्या आए दिन, अखबारों में वह ऐसी घटनाएँ नहीं पढ़ चुकी थी?

"चलें हुजूर?" सहसा उस रहस्यमय विनम्र चालक ने पूछा तो वह चौंक पड़ी—

"चलो!" और कुमुद ने निढाल होकर सीट पर पीठ साध ली। जब ओखली में सर दे ही दिया, तो मूसली से कैसा डर!

पिछले पन्द्रह दिनों के कटु अनुभवों ने उसे बुरी तरह तोड़कर रख दिया था। उद्दण्ड भाई की अबाध्यता, छोटी बहन का निर्लज्ज आचरण, निरीह अम्मा की विवशता—किसी को भी वह क्षमा नहीं कर पा रही थी। यह सब न हुआ होता तो वह शायद लखनऊ कभी न छोड़ती।

उस अन्धकारमयी निर्जन सड़क पर, तेजी से भागी जा रही कार में बैठी कुमुद की आँखें छलछला आईं। उसके बिना अम्मा कितनी असहाय हो उठेगी! कौन उसका राशन लाकर धरेगा, मकान का किराया, बिजली का बिल, पिता की पेंशन, उसका सब काम कौन करेगा! अम्मा ने दबी जबान से यह सब उससे कहा भी था—"कुमुद, मैं जानती हूँ तू हम से रूठ कर जा रही है, पर हमारा क्या होगा, यह भी तूने सोचा है? मैं जानती हूँ कि अभागों ने तेरी ही थाली में खाकर, उसी में छेद किया है, पर तू यह भी जानती है कि तू चली गई तो वे दोनों मुझे लट्टू-सा नचाएँगे। कोई भी अच्छा लड़का मिलता तो मैं, इस कुलबोरनी को तो विदा कर देती, पर..." फिर अम्मा, स्वयं ही अपने अज्ञानवश मुँह से निकल गई, उस अस्वाभाविक कामना के लिए खिसिया कर कहने लगी थी—"...पर मैं, क्या कभी ऐसा होने दूँगी! भले ही लाख अच्छे रिश्ते मिलें, वही होगा, जो हमारे कुल में सदा होता आया है। घर की बड़ी लड़की पहले विदा होगी, तब छोटी..."

"बस भी करो अम्मा!" उसने झुँझलाकर कहा था—"मैंने तुमसे कह दिया है, तुम्हें मेरी चिन्ता नहीं करनी होगी। मैं तुम्हें हर महीने पूरी तनख्वाह भेज दिया करूँगी, तुम्हारे छोटे-मोटे काम, मेरे कालेज का चपरासी बनवारी

आकर निबटा जाएगा। मैंने उसे समझा दिया है, बीच-बीच में उसके हाथ में दस-बीस रुपये रखती रहना। वैसे भी तुम्हें बहुत मानता है। रही उमा और लालू की चिन्ता। दोनों को मैंने कड़ा सबक कंठस्थ करा दिया है। नहीं समझे तो खुद भुगतेंगे। इस बीच तुम मामा से कहकर उमा के लिए अच्छा लड़का ढूँढती रहना। इतनी अच्छी तनख्वाह मैं नहीं छोड़ सकती, उस पर खाना-पीना, रहना सब कुछ उन्हीं के मत्थे। मैं थोड़ा-बहुत हाथ-खर्च रख, पूरी तनख्वाह तुम्हें भेज सकती हूँ।''

ठीक ही तो कहा था उसने, यहाँ कालेज से उसे मिलते थे कुल पाँच सौ, उसमें से भी कुछ आने-जाने में निकल जाते, कुछ उमा-लालू की फीस में, दो ट्यूशनों से लगभग तीन सौ और कमा लेती थी, तीन सौ बाबूजी की पेंशन के मिलते थे। बड़े कष्ट से ही वह गृहस्थी की गाड़ी खींच रही थी, इसी से बारह सौ के वेतन का चुग्गा, उसे उस अज्ञात कस्बे में, इतनी दूर खींच लाया। अब नित्य यह तो नहीं सुनना होगा कि कुमुद, आज गेहूँ लाना है, चावल भी खत्म है। कालेज से लौटेगी तो चाय का बंडल लेती आना और राशन की दुकान में पूछती आना, चीनी आई या नहीं? आधा महीना बीत गया और अभी तक छटाँक भर चीनी भी नहीं मिली। बाजार से, आठ रुपये किलो चीनी मँगा रही हूँ! इन सब, एक-सौ बीस अप्रिय आदेशों से तो छुट्टी मिली!

''मिस साहब, लीजिए हम ठीक पन्द्रह मिनट में ही पहुँच गए,'' कार का द्वार खोल, नूरबक्श ने हाथ की घड़ी देखकर कहा।

कुमुद ने चौंककर देखा, बड़ी-सी हवेली की पोर्टिको में आकर कार रुक भी गई और वह अपने सोच-विचार में ही उलझी रह गई।

''आप आइए, मैं सामान फिर उतार लूँगा।''

वह उतरकर, उसके पीछे-पीछे चलती दीवानखाने में पहुँची। बाहर से जीर्ण दिख रही उन पांडुवर्णी हवेली की अन्तरंग सज्जा, इतनी मनोहारी होगी, उसने कल्पना भी नहीं की थी। बड़े-बड़े झाड़-फानूस, दीवारों पर टँगी निष्प्राण चीते-भालू की खालें, बारहसिंगे के बार्निश से चमकते श्रृंग, काँच की निर्जीव आँखें, पीतल के विराट चमकते नगाड़े-से फूलदान, शीशम की कुर्सियों पर रेशमी गद्दियाँ, चारों ओर पीढ़ियों के आभिजात्य के स्पष्ट हस्ताक्षर, कुमुद को गहनतम हीनता के गह्वर में डुबो गए। यह कहाँ आ गई थी वह? इस गुदगुदे कालीन की पशमी गहराई में अपनी चप्पलें किस दुःसाहस से वह रख

पाएगी! सहसा अपनी गुजीमुजी वायल की साड़ी, उसे काँटे-सी चुभने लगी। कैसी मूर्ख थी वह? क्या यही साड़ी रह गई थी पहनने को! अपने सीमित साड़ी कोष से, वह दो-तीन ऐसी साड़ियाँ तो निकाल ही सकती थी, जो इस राजसी परिवेश से मेल खा सकती थीं। किन्तु तब वह क्या जानती थी, कि जिस गृहस्वामी के सीधे-सादे पत्र की भाषा जितनी सहज थी, उसकी गृह-सज्जा की ज्यामिति, उतनी ही दुरूह होगी।

"आप बैठिए, मैं साहब को खबर कर आऊँ!"

नूरबक्श ने सूटकेस लाकर एक कोने में धर दिया और सीढ़ियाँ चढ़ता, ऊपर की किसी मंजिल में अदृश्य हो गया।

कुमुद ने पर्स खोल कर, एक बार फिर वह पत्र पढ़ा। पिछले दस दिनों में वह कितनी बार उस पत्र को पढ़ चुकी थी। कहीं समझने में कुछ भूल तो नहीं हो गई थी। पत्र में उसके आह्वान में जो उत्साह मुखरित हुआ था, वह तो उसे अपने स्वागत में लेशमात्र भी दृष्टिगत नहीं हो रहा था। न स्टेशन पर ही गृह का कोई सदस्य उसे लेने आया, न कार की आहट पाकर ही उसका स्वागत करने कोई नीचे उतरा। यह तो नहीं लग रहा था कि हवेली में सब सो गए हैं। असंख्य कोष्ठ-प्रकोष्ठों में से प्रत्येक गवाक्ष, बिजली से जगमगा रहा था, जैसे कोई विराट जहाज, किसी बन्दरगाह पर लंगर डाले पड़ा हो–

नहीं, पत्र का आदेश एकदम स्पष्ट था–

"महोदय

आपका पत्र मिला, आप अविलम्ब आकर अपना कार्यभार ग्रहण करें। आपको वेतन सम्बन्धी कभी कोई शिकायत नहीं होगी। प्रत्येक माह की पहली तारीख को आपको बारह सौ का चेक प्राप्त हो जाएगा, इसके अतिरिक्त खान-पान-निवास सम्बन्धी आपकी प्रत्येक इच्छा को हम यथासम्भव पूर्ण करने की चेष्टा करेंगे। जैसा कि मैंने अपने विज्ञापन में भी स्पष्ट कर दिया था, अपनी रुग्ण पत्नी की देखभाल के लिए मुझे एक सहृदया संगिनी की आवश्यकता है, परिचारिका की नहीं। हम केवल दो प्राणी ही इस गृह में रहते हैं, मैं और मेरी पत्नी। मैं आपको विश्वास दिलाता हूँ, मेरे गृह में आपको किसी प्रकार का कष्ट नहीं होगा।

भवदीय

राजा राजकमल सिंह"

सहसा, सीढ़ियों पर क्रमशः नीचे उतर रही पदचाप की आहट पा उसने अचकचा कर चिट्ठी फिर पर्स में डाल दी, पर फिर सीढ़ियों से उतर रहे व्यक्ति को देखने का साहस, उसे नहीं हुआ। जब दीवानखाना ही ऐसे ठाठदार था तो गृहस्वामी भी निश्चय ही ठसकेदार होगा!

"मिस साहब!" यह तो गृहस्वामी नहीं, उसके सामने नूरबक्श ही खड़ा था—"साहब ने कहा है, आप अभी थककर आई हैं, नहा-धोकर थोड़ा सुस्ता लें, चलिए मैं आपको आपका कमरा दिखा दूँ।"

कुमुद, उसके इस विचित्र सम्बोधन से बार-बार चिहुँक-सी रही थी, कल उससे स्पष्ट कह देगी, उसे मिस साहब कहकर न पुकारे, उसे लग रहा था जैसे वह किसी मिशन अस्पताल की नर्स हो!

वह सूटकेस उठाकर, फिर उसे एक सुदीर्घ सुरंग-सी गैलरी से ले जाता, जिस कमरे के बाहर खड़ा हुआ, उसके बाहर ही बेंच पर बैठी एक बुढ़िया ऊँघ रही थी।

"लो, सारी कोठी ढूँढ़ आया और ये यहाँ बैठी ऊँघ रही है! मैं कहता हूँ बुआ, दरवाजा खोलो, नई मिस साहब आ गई हैं।"

पर बुढ़िया, अपना निर्विकार चेहरा लिए पूर्ववत् ऊँघती रही। किसी म्यूजियम में धरी जैसी कोई मिट्टी की मूरत हो। चेहरे पर झुर्रियों का जाल, बेहद लम्बी नाक पर छोटे सूरजमुखी के फूल के आकार के सोने की लौंग, छींटदार लहँगा, मुसलमानी कुर्ती। काले झीने दुपट्टे को कान-सिर पर मफलर-सा लपेटे बुढ़िया न हिली, न डुली।

"अँय, कहीं अल्लाह को प्यारी तो नहीं हो गई बुआ!" नूरबक्श ने फिर से हँसकर सूटकेस नीचे धरा और बुढ़िया के दोनों कन्धे पकड़कर झकझोर कर धर दिया। कुमुद लपककर उसे न सँभाल लेती तो बेंच पर ही दोनों पैर साधे, ऊँघती बुढ़िया निश्चय ही जमीन पर औंधी गिरती।

"बस काम ही क्या है इनका खाना और सोना, यह नहीं कि हम टेसन गए हैं तो ऊपर जाकर दो घड़ी मालकिन के पास बैठ जाएँ!" बुरी तरह घबराई बुढ़िया दोनों हाथ जोड़ विनम्र भयभीत मुद्रा में न जाने कितनी बार दुहरी होकर कुमुद के सामने फर्शी लगा गई—

"हुजूर सलाम..."

"अच्छा बस-बस अब सलाम ही ठोंके जाओगी या कमरा भी खोलोगी!" नूरबक्श ने झुँझलाकर उसे डपट दिया।

लहँगे के नेफे में बँधा चाबी का गुच्छा निकाल बुढ़िया ने द्वार खोल दिए।

"आइए सरकार," नूरबक्श सूटकेस लेकर भीतर गया और उल्टे पैर लौटकर बोला—"आप बाहर ही खड़ी रहिए मिस साहब, ये हरामखोर बुआ किसी काम की नहीं है। क्यों बुआ, इत्ता भी नहीं हुआ तुमसे, कि लाओ खिड़कियाँ ही खोल दें। लगता है तब ही से बन्द है जब से..." सहसा वह अपना वाक्य अधूरा ही छोड़, आग्नेय दृष्टि से बुढ़िया को भस्म कर भुनभुना उठा—"ये बात ठीक नहीं है बुआ, हम साहब से जरूर कहेंगे...सौ बार तुम्हें बचाया है पर, इस बार तुम्हें सजा दिलानी ही पड़ेगी। तुम्हें पता था कि मिस साहब आज आ रही हैं। क्या अब तक कमरे की सफाई भी नहीं हुई तुमसे?"

"हम का जानी कि ई कमरा में मिस साहब रहिहैं, इहाँ मरियम मिस साहब फाँसी लगाए चोला छोड़े रहीं, पन्द्रह दिन तो पुलिस केर सील-मुहर रही, अब जान्यो जोने दिन से खुला मुला हम रोज धुलाई करत रहीं, अब कौनो औलिया पीर केर मजार हय जो हम लोबान दिखायं?"

"बुआ, जान्यो," दाँत पीसता नूरबक्श बुढ़िया पर खोखिया कर झपटा—"तुम्हार जीभ हम खेंच डारब, साहब सुनिहें तो..."

"सुनिहें तो का होय रे, हम का डरत है साहब से! जो बात भई रही हम बताय दिहिन—अब तोहार जिऊ में आय, खटिया भीतर डारो चाहे बाहर..."

"इसके कहने का बुरा मत मानिएगा सरकार, हवेली की सबसे पुरानी मुलाजिम है, इसी से नकचढ़ी के तेवर हमेशा चढ़े रहते हैं।"

नूरबक्श शायद कुमुद का विवर्ण चेहरा देखकर समझ गया था कि वह बुरी तरह सहम गई है। यही उसके निष्पाप चेहरे का सबसे बड़ा दोष था, उसका क्रोध, विषाद, उल्लास, भय—अनाड़ी हाथों से पुते अंगराग-सा, पूरे चेहरे पर बिखर जाता था, इसी से उस उद्विग्न चिन्तातुर भोले चेहरे को देखते ही नूरबक्श को लगा कि कुख्यात कमरे का बदनाम अतीत बुढ़िया उसे थमा गई थी, वहाँ कदम रखने में वह झिझक रही है।

"यहाँ कोई और कमरा नहीं है क्या?" उसने पूछा तो नूरबक्श ने एक बार फिर उसी उत्साह और फुर्ती से जमीन पर धरा सूटकेस उठा लिया—"है क्यों नहीं सरकार, हवेली में पच्चीस कमरे हैं, चलिए आपको उस कमरे में ले चलूँ, जहाँ साहब के फिरंगी मेहमान ठहरते हैं।"

इस बार वह उसे लेकर निचली ही मंजिल के जिस हवादार कमरे में पहुँचा, उसे देखकर ही कुमुद की समस्त क्लान्ति दूर हो गई, हवा के ऐसे फरफराते झोंके, जैसे बीसियों कूलर चल रहे हों : "आप गुसलकर सुस्ता लें, मैं तब तक चाय लगवा दूँ।"

उसके जाते ही कुमुद द्वार बन्दकर दुलहन-से सजे उस कमरे को घूम-घूमकर देखने लगी। गुलाबी मसहरी लगा पलंग, नक्काशीदार शृंगारमेज, चाँदी के मोमबत्तीदान में सतर खड़ी सफेद दीर्घकाय मोमबत्ती, एक ओर धरा बड़ा चिमनी लगा लैम्प, जिसे शायद हवेली विद्युतोज्ज्वल होने से पूर्व कभी जलाया जाता होगा। खिड़की के अधखुले पट खोल, कुमुद बाहर देखने लगी, खिले गुलाबों की कतार-की-कतार उसे मुग्ध कर गई। नानावर्णी गुलाब हवा में झूम रहे थे। खिड़की से ही हवेली के दोनों भाग आलोक से जगमगाते स्पष्ट दीख रहे थे, जितनी ही झरोखेनुमा खिड़कियाँ थीं उतनी ही प्रकाश से उज्ज्वल। ठीक जैसे लखनऊ के कैसरबाग की बारादरी। पत्र में तो लिखा था, हम दो प्राणी हैं, मैं और मेरी पत्नी, तब इस बुलन्द आलमगीर इमारत का अंग-प्रत्यंग किस-किस की उपस्थिति का आभास देता, ऐसे जगमगा रहा था? कौन रहता था यहाँ? और वह बुढ़िया, किस मिस साहब की फाँसी के प्रसंग की ओर इंगित कर रही थी? वह न जाने कब तक इसी सोच में डूबती-उतराती खिड़की पर ही खड़ी रह गई, तब ही उसे अचानक याद आया—नूरबक्श उसे लेने बीस मिनट में आएगा—कह गया था और वह अभी तक हाथ-मुँह भी नहीं धो पाई।

हड़बड़ा कर उसने सूटकेस उठाया, यत्न से बिछे उस ऐश्वर्यपूर्ण पर्यंक में उसका जीर्ण सूटकेस पैबन्द-सा ही लग रहा था। कपड़े निकालकर नहाने गई तो गुसलखाने की बत्ती ढूँढ़ने में फिर उलझ गई। सहसा, एक बटन खटखटाते ही एक साथ कई बल्बों का अँगूरी गुच्छा ऐसे जगमगा उठा कि

वह सहम गई। विदेशी सज्जा में सजे गुसलखाने को देख उसे सहसा मकड़ी के जालों से भरे अपने संकीर्ण गुसलखाने की याद हो आई, जहाँ नहाने में, कपड़े धोने में जरा भी चूक हुई तो कुहनियाँ दरदरी, बिना चूने पुती दीवारों से टकराकर छिल जाती थी। उस मकान में सम्मिलित रूप से रहनेवाले किराएदारों का वह एकमात्र संयुक्त गुसलखाना था, सुबह चार बजे उठने पर ही गुसलखाने का एकान्त उसे मिल पाता था और कहीं भूल से कभी नहाने या कपड़े धोने के साबुन की बट्टी वहाँ छूट जाती तो उसके दूसरे नम्बर पर नहानेवाली गौरी चाची उसे बाजीगरी सफाई से आलोप कर देतीं। नहाते-नहाते कुमुद को हँसी भी आ गई थी। एकाएक गौरी चाची उसी ऐतिहासिक कौशल से पार की गई बट्टी को ब्लाउज के भीतर छिपाकर गीले बाल तौलिये में जटाजूट बना बाहर निकली कि गुसलखाने को हथियाने देहरी पर खड़े लालू से टकरा गईं। लालू का कहना था कि उसने उसके ब्लाउज के भीतर उस तीसरे अस्वाभाविक उभार को देख जान-बूझकर ही उन्हें ढकेल दिया था—गौरी चाची चारों खाने चित गिरीं और फक से गीली बट्टी ब्लाउज के भीतर से निकल जमीन पर फिसलती चली गई।

"यह तो दीदी का साबुन है!" उस मुँहजोर ने चीखकर पूरे घर में गौरी चाची की बदनीयती के पोस्टर चिपका दिए थे—

"चल हट मुँहझौंसे, मेरा साबुन है।"

"जरूर है, तुम्हारे बाप ने भी नहाया है कभी महारानी सन्दल साबुन से! तुम तो अपनी कटहल-सी खाल पर हमेशा लाइफबाय रगड़ती हो...

"हे राम, आज एकादशी के दिन मुझ राँड़ रंडकुली को इल्जाम लगा है! मुर्दे—कहाँ हैं तेरी माँ..."

कुमुद ही हाथ पकड़कर अबाध्य लालू को अपने कमरे में खींच लाई थी।

"साबुन तो तुम्हारा ही है! चोर, चोट्टी कहीं की!" लालू जोर-जोर से चीखने लगा, हाथ जोड़कर ही वह उसे चुप करा पाई थी।

"तुम ही बनो महात्मा गाँधी," लालू कहने लगा था—"तुम्हारी इसी ऐक्टिंग से मेरे हाड़ जल जाते हैं—कभी बुढ़िया हमारा साबुन पार करती है, कभी मंजन, तुम और अम्मा सब कुछ देखकर भी मक्खी निगलती हो..."

"चुप कर लालू, क्या कहेंगे सब..." "कहने दो, लालू किसी के बाप से नहीं डरता, एक तो बुढ़िया गुसलखाने में ही गन्दगी करती है, कहती है,

संडास में जाने पर छूत लगेगी, धोती बदलनी पड़ेगी, मैं पूछता हूँ चोरी करने में नहीं लगेगी छूत—इन पाखण्डी पहाड़ी बुढ़ियाओं को देख मेरा खून खौल जाता है।"

काश, लालू-उमा को वह महल-सा सुघड़ स्नानगृह दिखा पाती, बौरा जाते दोनों!

बड़ी देर नहाने पर भी उसका मन नहीं भरा। जब बाहर निकली, तब नूरबक्श ने बड़ी विनम्र खटखट से उसे सूचित किया, "मिस साहब तैयार हो लें।" वह उन्हें साहब से मिलाने द्वार पर प्रतीक्षारत बैठा मिलेगा।

कैसी मूर्ख थी वह, आज सिर धोने की ऐसी जल्दी क्या पड़ी थी उसे! अब कैसे सुखाएगी इन घने बालों को? बड़ी निर्ममता से ही भीगे बालों को सुलझा, उसने पीठ पर डाल दिया। चैत के भेंटुणों में माँ की दी गई सफेद आंगाइल पहन वह आईने के सामने खड़ी हुई तो अपने उतरे सूखे चेहरे को देख उसे स्वयं तरस आ गया। वह मन-ही-मन जिस अज्ञात भय से, इस रहस्यमय परिवेश में प्रतिक्षण ठंडी पड़ती जा रही थी, उस भय की एक-एक रेखा उसके कमनीय चेहरे पर उतर आई थी। "तुम अपनी उम्र से बहुत छोटी लगती हो दीदी, सब हमसे पूछते हैं, तुम बड़ी हो या कुमुद? हमें अच्छा नहीं लगता, अब तुम जूड़ा बनाया करो, दीदी?" उसी दिन से वह अपनी पृथुल वेणी को जूड़े में लपेटने लगी थी। फिर भी वह छोटी लगती थी, उमा के शरीर की गढ़न, चेहरे की परिपक्वता, उससे कहीं अधिक मँजी-घिसी थी।

बिना बाँहों के ब्लाउज से निकली अपनी दुबली बाँहों को साड़ी के आँचल से ढाँक उसने ललाट पर आईब्राउ पेंसिल से बिन्दी का ठप्पा धरा और बाहर निकल आई। एक क्षण को, नूरबक्श उसे देखता ही रह गया। बत्तियों के जगमगाते प्रकाश में उस दुबली गोरी, एकदम स्कूली लड़की-सी दिख रही कुमुद को देख वह कुछ देर हतप्रभ-सा खड़ा ही रह गया। यह बित्ते भर की लड़की क्या खाक सँभालेगी, उसकी मालकिन को!

"आइए, सरकार!"

कुमुद, एक बार फिर उसी दीवानखाने में बैठी, गृहस्वामी की प्रतीक्षा करने लगी। एक भुजंग काली प्रौढ़ा, अपने घेरदार लहँगे की मज्जी फहराती चाय की ट्रे धर गई। कितनी नौकरानियाँ थीं यहाँ और प्रत्येक का चेहरा कदर्य-कुत्सित, क्या जानबूझकर ही यहाँ अशोकवाटिका की-सी इन राक्षसियों की नियुक्ति की गई थी! चाँदी की चायदानी पर फहराते पंखे की फाल

प्रतिबिम्बित हो, उसकी आकर्षक नक्काशी को और प्रखर कर रही थी। तश्तरी पर धरे मेवे-मिष्टान देख कुमुद को एक बार फिर अपनी भोजनलोलुप चंचल छोटी बहन की याद आ गई। वह अब तक इस दुर्लभ जलपान के साथ अकेली बैठी होती तो उसकी भाँति क्या अँगुली के नाखून दाँतों से कुतरती, ऐसे अकर्मण्य बैठी रहती? अब तक कई काजू उसने बाजीगरी सफाई से उदरस्थ कर लिए होते। वही स्मृति, एक मोहक स्मित बन, उसके ओंठों पर उतरा ही था कि वह अचानक गृहस्वामी को सम्मुख खड़ा देख अचकचाकर उठ गई। अपने दिवास्वप्न में डूबी वह मूर्ख क्रमशः निकट आती पदचाप को भी क्या नहीं सुन पाई?

"क्षमा कीजिएगा, मैं आपको लेने स्टेशन नहीं आ पाया!" उसने हँसकर उस कुर्सी की ओर हाथ बढ़ाकर कहा—"आप बैठिए, मिस जोशी! आई एम सॉरी...अचानक मालती की तबीयत खराब हो गई थी।"

उसे उत्तर में क्या कहना चाहिए यही सोचती, पसीने में डूबी कुमुद फिर भी खड़ी रह गई।

"बैठिए!" आकाशवाणी के किसी अनुभवी उद्घोषक का-सा गुरुगम्भीर कंठ-स्वर सुनकर वह बैठ तो गई, पर आगन्तुक की ओर आँखें उठाकर देख नहीं पाई।

"आपने यहाँ आकर हम पर कितना उपकार किया, मैं बता नहीं सकता! मैं जानता हूँ इस अनजान बस्ती में आकर आप अवश्य घबरा रही होंगी, पर मैं आपको विश्वास दिलाता हूँ, यहाँ हम आपको किसी प्रकार का कष्ट नहीं होने देंगे।"

फिर वह स्वयं चाय बनाने उठे तो नतमुखी कुमुद की दृष्टि उस अजनबी के पैरों पर पड़ी। कितने गोरे पैर थे, एकदम गुलाबी। तब क्या इनके वंश में कोई अंग्रेज था? दुग्ध-धवल इकबर्रा पायजामे के चौड़े पायंचे रह-रहकर पंखे की हवा से उड़ रहे थे।

"लीजिए," उसकी ओर चाय का प्याला बढ़ाया।

साहस कर कुमुद ने पहली बार उस सौम्यकान्ति व्यक्ति के चेहरे को ठीक से देखा। शान्त गम्भीर चेहरा, तीखी नाक, चौड़े कन्धे, चिबुक पर घाव का एक तिरछा निशान, ऐसे सधे अन्दाज में सँवरी मूँछें जैसे किसी कलाकार की दक्ष तूलिका ने यत्न से चित्रांकित की हों। पुकारने में कंठ-स्वर जितना ही बुलंद था, बोलने में था उतना ही मन्द। बीच-बीच में लगता फुसफुसाहट

ही में आधा वाक्य डूब गया है। किन्तु आँखों में तिरती, किसी अव्यक्त पीड़ा का अवसाद बीच-बीच में पूरे चेहरे को अस्वाभाविक बना रहा था और ललाट पर खिंची आकस्मिक गाँठ देखनेवाले को सहमा जाती थी।

कहीं-न-कहीं इस व्यक्ति के मन में कोई उलझन अवश्य है, यह भोली कुमुद भी समझ गई। उसे ऐसा लगा, जैसे वह उससे कुछ कहना चाह रहा है और बावजूद अपने तेज, अपनी वैभव-मंडिता हवेली के परिवेश एवं अपने पीढ़ियों के आभिजात्य के, अपने जीवन के किसी दुर्बल पक्ष की हीनता उसे उस कमनीय, किशोरी-सी दिख रही नवनियुक्त युवती के सम्मुख गूँगा बना रही है और चाहने पर भी जो कहना चाहता है, वह कह नहीं पा रहा है।

''मिस जोशी,'' इस बार उसने घुटनों पर धरे अपने हाथ को उठाया तो अँगुली की अँगूठी का नीलम देख कुमुद चौंकी। ठीक ऐसी ही नीलम की अँगूठी तो उसके बाबूजी भी पहनते थे। अम्मा कहती थी, ''इसी नीलम ने हमारा सर्वनाश किया है, लाखों बार तेरे बाबूजी को समझाया था, पर उनकी जिद के आगे कौन जीत सकता था।'' पिता की मृत्यु के बाद वही तो महानगर वाले मामा के साथ, खुनखुनजी की दुकान पर वह अँगूठी बेचने गई थी। तो क्या यह वही अँगूठी थी?

''मिस जोशी, मालती से मिलाने से पहले, मैं एक बात स्पष्ट कर दूँ—मैंने विज्ञापन में अपनी रुग्ण पत्नी का उल्लेख किया था,'' इस बार नीलम की अँगूठी वाला हाथ, अप्रस्तुत स्वामी ने फिर कुर्सी के हत्थे पर धर लिया, एक क्षण को उस हाथ की पकड़ ने कुर्सी को और भी मजबूती से जकड़ लिया। लग रहा था उस अजनबी लड़की के सामने बैठ वह अपने दुर्भाग्य का प्रकरण खोल नहीं पा रहा है। अचानक उठकर वह चहलकदमी करता, खिड़की के पास खड़ा हो बाहर देख ऐसे कहने लगा, जैसे वह कुमुद से नहीं, बाहर खड़े किसी अन्य व्यक्ति से बातें कर रहा है—

''मेरी पत्नी पागल है, मिस जोशी! पिछले बीस वर्षों से उसकी अवस्था में कोई परिवर्तन नहीं हो पाया। मैंने जान-बूझकर यह बात इसलिए छिपाई थी कि कहीं सच बात लिख दी तो मेरा विज्ञापन व्यर्थ जाएगा...।''

कुमुद ने चौंककर उसकी ओर देखा, एकाएक अब तक की उसकी सौम्यता, सहसा कपूर के धुएँ-सी उड़ गई। उसका गोरा चेहरा तमतमाकर लाल पड़ गया—''तो आप उन्हें पागलखाने में क्यों नहीं रखते? यह आपका अन्याय है, सर...'' उसका आहत स्वर सहसा अशिष्टता की तीखी गूँज से

खनक उठा—"आप यदि यह सब, अपने पिछले पत्र में भी मुझे बता देते तो मैं अपनी अच्छी-खासी नौकरी से इस्तीफा देकर, एक पागल की देखभाल करने यहाँ क्यों आती? आपने कम्पैनियन के लिए विज्ञापन दिया था, मैं वही कार्यभार सँभालने आई थी," उसका गला विवशता से रुंध गया।

"आप शान्त होकर पहले मेरी बात सुन लें, मिस जोशी, आप मालती से मिल लें, मैं आपको विश्वास दिलाता हूँ, वह उन्मादिनी अवश्य है, पर आज तक उसने कभी किसी को परेशान नहीं किया। उसका विचित्र उन्माद है, अपने ही में घुट-घुटकर मनहूस चुप्पी में अपने को घुलाने वाला उन्माद। आप पूछती हैं, मैंने उसे पागलखाने में क्यों नहीं रखा? आप अभी बहुत छोटी हैं..." एक लम्बी साँस खींचकर उसने सिगरेट की राख झाड़ी और कुमुद के सामने की कुर्सी पर बैठ गया—"जिसके साथ जिन्दगी के पूरे बीस वर्षों की मीठी-कड़वी यादें जुड़ी हैं, आज उसी की बेबसी का फायदा उठा, मैं चाहने पर भी अपने से उसे अलग कर, बिजली के झटकों से तड़पाने किसी पागलखाने में नहीं भेज पाया। यह बात नहीं कि मैंने कोशिश नहीं की। कितनी ही बार दूर-दूर तक घूम एक-एक पागलखाने की खाक छान आया, पर जैसी हालत वहाँ मरीजों की देखी, फिर साहस नहीं हुआ। मालती की इस अवस्था के लिए दोषी मैं भी हूँ, मिस जोशी..."

कुमुद ने सहमी दृष्टि से उसे देखा, यह कहाँ फँस गई थी वह! पागल पत्नी और यह रहस्यमय अपराधी पति!

"सोचता हूँ, मालती से मिलाने से पहले, उसके केस-हिस्ट्री भी आपको बता दूँ। मालती जब गौना होकर इस हवेली में आई, तब केवल सोलह साल की थी, पालकी से उतरते ही उसे पहली बार दौड़ा पड़ा था। दाँत भिंच गई, हाथ-पैर ऐंठ गए और पुतलियाँ पलट गईं। मेरी माँ का कहना था, 'मार्ग में पीपल के नीचे कहारों ने डोली उतारी थी, वहीं का जिन्न चिपट गया,' वह हँसा, पर कैसी करुण हँसी थी! 'आई डोंट बिलीव इन आल दिस रबिश' जिन्न-विन्न कुछ नहीं, वही पागलपन की शुरुआत थी, बाद में सुना यह पागलपन उसके खानदान में है, दो मामा पागल हैं, नानी भी उन्मादिनी थी। मध्य प्रदेश की एक छोटी-सी रियासत की राजकन्या थी, पर नाना राज-प्रमुख थे, उन्हीं ने झाड़फूँक में हजारों रुपया फूँक दिया, न कोई मजार छूटी, न कोई मन्दिर। कुछ दिनों ठीक रही, फिर मनहूस चुप्पी। किसी ने कहा—किछौछें में एक प्रख्यात मजार है, प्रेतमुक्ति-तीर्थ, जहाँ से चार कोस की दूरी रहने

पर ही जब प्रेतग्रस्त रोगी चीखने-चिल्लाने लगता है, तब मुजावर जान जाते हैं कि रोगी इहलोक का नहीं है। मजार में पैर रखते ही मरीज बेदम होकर गिर पड़ता है। मेरी माँ जब मालती को वहाँ ले जाने की तैयारी करने लगी, तब मैं अड़ गया। बहुत पहले मैं एक बार वहाँ अपनी मौसी की प्रेतमुक्ति देख चुका था। उस जंगली इलाज में, मुजावरों ने मौसी को लोहे की जंजीरों से बाँध, झोंटा पकड़ बुरी तरह घसीटा था, मिर्च की धूनी दी थी। मैं मालती के साथ यह सब नहीं होने दूँगा। पर मेरी माँ की जिद ने मुझे पराजित कर दिया। बीसियों सिकरमों में हमारा पूरा अन्तःपुर वहाँ पहुँच गया। मैं रूठकर अपने एक मित्र के यहाँ चला गया। तीन महीने बाद लौटा तो देखा मालती एकदम ठीक हो गई है। तीन वर्षों तक वह फिर पूर्णरूप से स्वाभाविक बनी रही। इन्हीं तीन वर्षों में हमारे पुत्र का जन्म हुआ। उसी के जन्म के लिए जैसे माँ रुकी थीं। उनकी मृत्यु के बाद मालती ने बड़ी सहजता से गृहस्थी का भार ग्रहण कर लिया। कभी-कभी वह गुमसुम अवश्य हो जाती थी, पर उस चुप्पी में भी वह एक क्षण को भी मेरे और अपने पुत्र के प्रति उदासीन नहीं होती थी। मैंने देखा कि उसकी पुत्र के प्रति यह आसक्ति उसे बिगाड़ रही है। मैंने ही उसे एक दिन जोर-जबरदस्ती कर नैनीताल के बोर्डिंग-स्कूल में पढ़ने भेज दिया। मालती बहुत रोई-धोई, तीन दिन तक अन्न का दाना भी उनके मुँह में नहीं गया, पर फिर मेरे समझाने-बुझाने से वह कुछ शान्त हुई और धीरे-धीरे उसने परिस्थितियों से समझौता कर लिया। वह पहली बार छुट्टियों में घर आया तो उसके सुघड़ सलीके और अदब-कायदे को देख मालती मोह-मुग्ध हो गई। पर मजार पर डंडों की मार से उतारा गया जिन्न शायद अब भी मुजावर की मार को नहीं भूला था। उसने फिर बदला ले ही लिया...''

एक क्षण को चुप हो गए राजा राजकमल सिंह का गौर मुखमण्डल, मद्धिम रोशनी के प्रकाश में कैसा तो विवर्ण लग रहा था! कैसा अद्‌भुत व्यक्तित्व था इस व्यक्ति का! कुमुद को लगा, वह फिल्मी सेट पर कुशल अभिनय कर रहे किसी अनुभवी अभिनेता की शूटिंग देख रही है। कुरते की बाँहों की कलफ में सीधी महीन चुन्नट, ओठों पर पान की लालिमा, बीच-बीच में दीर्घ श्वास के साथ प्रखर हो पूरे कमरे में महक रही जर्दे की सुबास।

''...एक दिन स्कूल से फोन आया, स्कूल के नये बने स्विमिंग पूल में आपका बच्चा डूब गया है। कैसी विचित्र लीला थी भगवान की, एक साल

पहले मैंने ही उस कालकूप के निर्माण के लिए सबसे अधिक डोनेशन दिया था! तब मैं क्या जानता था कि विधाता स्वयं मेरे हाथों मेरे बच्चे की चिता चुनवा रहा है? क्या कहूँगा मालती से, क्या अब वह जीवन भर मुझे क्षमा कर पाएगी? फिर बड़े छलबल से उसे समझाया—''विक्रम की तबीयत अचानक खराब हो गई है, मैं उसे लेने नैनीताल जा रहा हूँ।'' वह जिद करने लगी, वह भी मेरे साथ चलेगी। मैंने कहा—मालती मैं उसे यहीं तो ला रहा हूँ।

''बेचारी मान गई, वह क्या जानती थी कि मैं उसके बेटे को किस रूप में ला रहा हूँ। एक बार जी में आया, उसे वहीं छोड़ आऊँ, जहाँ मैंने उसे उसकी माँ से छीनकर भेजा था, पर मैं वचन दे चुका थ कि मैं उसे घर लाऊँगा। मालती ने उसे देखा, न रोई न चीखी—बस एक बार डरते-डरते उसके ठंडे ललाट को छुआ, फिर उठकर चुपचाप भीतर चली गई। उसी दिन से वह एक बार फिर अपनी उसी मनहूस चुप्पी में डूब गई। मुझे लगा, मुझे शायद वह पुत्र की अकाल मृत्यु के कारण क्षमा नहीं कर पा रही है, शायद किसी सहृदय नारी का साहचर्य उसकी वह चुप्पी तोड़ दे। एक बात और भी है, इन बड़े-बड़े कमरों में इतने वर्षों से हम दोनों एक-दूसरे को देखते-देखते बुरी तरह ऊबने लगे हैं; वह मायके भी नहीं जाना चाहती, कहीं बाहर घूमने का प्रस्ताव रखता हूँ तो उग्र होने लगती है। इसी से यह विज्ञापन दिया था।''

एक बार कुमुद के जिह्वाग्र पर एक अविवेकी प्रश्न उभर आया था, उससे पहले जिस सहचरी की नियुक्ति हुई थी, उस सहृदया ने किसके दुःख से गले में फाँसी का फंदा डाला था, गृहस्वामी के या स्वामिनी के?

"आप, अब सब सुन चुकी हैं, मालती से मिलकर स्वयं अन्तिम निर्णय लेने की पूरी स्वतन्त्रता आपकी है। यदि आपको कोई आपत्ति हो तो मैं कल ही आपके वापस जाने की पूरी व्यवस्था कर दूँगा। यही नहीं..." इस बार उस दीर्घकाय, गौरवर्ण, आयतचक्षु, सौम्य व्यक्ति का पूरा चेहरा एक उदार सहज स्मित से उद्भासित हो उठा—"आपने जिस नौकरी से त्यागपत्र की बात कही है—आई विल सी दैट यू गेट योर ओल्ड जाब—मुख्यमन्त्री मेरे आत्मीय ही नहीं, अभिन्न मित्र भी हैं। आइए, अब मालती से आपको मिला दूँ।"

कुमुद खड़ी हुई और सहसा उस दीर्घदेही व्यक्ति की छाया में सिमट-सिकुड़कर रह गई। सचमुच ही उसके पार्श्व में चल रही कुमुद हास्यास्पद रूप से छोटी लग रही थी। सोपान-पंक्ति शेष होते ही पहले कमरे का द्वार खोल राजकमल सिंह ने पुकारा—"मालती सो गई हो क्या?"

एकाएक पुकारनेवाले का स्वर, लोरी की-सी थपकी बन, एक बार फिर कमरे की अस्वाभाविक निःस्तब्धता को भंग कर गया—"मालती"...

सिर से पैर तक चादर ओढ़े सोई मालती न हिली, न डुली।

अपदस्थ होकर कुमुद द्वार पर ही खड़ी रह गई। उसकी समझ में नहीं आ रहा था कि भीतर जाए या बाहर ही स्वामिनी के जागने की प्रतीक्षा करे।

"आइए ना, बाहर क्यों खड़ी हैं?"

राजकमल सिंह ने पर्दा उठाकर उसे बुलाया तो वह चुपचाप आकर पायताने के पास खड़ी हो गई।

राजकमल सिंह एक बार फिर सुप्ता पत्नी को जगाने, उसकी अलस-अचल

देह पर ऐसे अधिकार से झुक गया, जैसे पास ही खड़ी कुमुद की उपस्थिति का भी उसे भान न रह गया हो।

कुमुद का चेहरा आरक्त हो उठा।

"मालती...मालती!" वह जैसे गुदगुदाकर किसी रूठी बालिका को जगा रहा था—"हूँ..."

"देखो, कौन आया है? उठोगी नहीं?"

इस बार सोनेवाली ने बड़ी अनिच्छा से करवट बदली, फिर झटके से उठकर बैठ गई।

"ये हैं कुमुद, कुमुद जोशी, तुम्हारी देखभाल करने लखनऊ से, इतनी दूर आई हैं, बैठने को नहीं कहोगी?" कंठस्वर में परिहास का पुट एक क्षण को उस करुण चेहरे को अकृत्रिम स्मित से उद्‌भाषित कर गया।

वह हँसी—"बैठिए!"

तब किस चुप्पी की भूमिका बाँधी थी उसके पति ने? यह तो बोल रही थी।

कुमुद बैठ गई, कौन कहेगा यह उन्मादिनी है! कैसा रूप था, लाल साड़ी, गोरे ललाट पर चवन्नी भर की सिन्दूर की बिन्दी, माँग में सिन्दूर, दोनों हाथों की अँगुलियों में झलझल झलकती हीरे-माणिक की अँगूठियाँ, हाथ-भर लाल चूड़ियों के बीच कंगूरेदार सोने के कड़े, रक्तिम अधरों पर पान की लालिमा, छलकदार नुकीले चिबुक तक आ गई थी, शायद सोते में पान की पीक मोहक अधरों की दरार से टप-टपकर टपकता चला गया था। कत्थे का एक बड़ा-सा धब्बा, रेशमी चादर पर भी छाप लगा गया था।

"कितनी बार तुमसे कहा है मालती, सोते में पान न खाया करो, इतना जर्दा-किमाम तुम्हारे लिए अच्छा नहीं है। खैर, अब तो मिस जोशी आ गई हैं, यह इनकी ड्यूटी है, आप इन्हें दिनभर में दो बीड़े देंगी मिस जोशी, एक खाने के बाद दोपहर को, एक रात।"

बड़े लाड़ से पत्नी की ही पलंग की पाटी पर बैठ राजकमल सिंह ने चूड़ियों-भरा हाथ थाम लिया।

"नींद आई मालती?"

"हाँ, आई।"

कैसी अलस-मदालस आवाज थी! जैसी पुराने हिन्दी-चलचित्रों में कभी ठसकेदार रानियों की हुआ करती थी। कुमुद जितनी ही बार कनखियों से

उसे देख रही थी, उतनी ही बार उस स्निग्ध चेहरे की घरेलू मिठास उसे बाँधती जा रही थी। सहसा, गृहस्वामिनी ने भागलपुरी रेशमी चादर से अपने दोनों पैर बाहर निकाल दिए, चाँदी की पायजेब के घुँघरू धीरे से ठुनके, गोरे चरणों पर सधी महावर की रेखा पर लाल साड़ी की छाया, ललाट पर कुछ फैल गई सिन्दूर की बिन्दी, लाल चूड़ियाँ, माँग की सिन्दूरी प्रगाढ़ रेखा, सब ही लाल जैसे जीवन्त अग्निशिखा ही पलंग पर पड़ी दपदप कर सुलग रही थी—"क्या नाम बताया आपका? मैं कभी-कभी भूल जाती हूँ..." किसी भोली बालिका-सी उस दूधिया हँसी ने कुमुद को मोह लिया। अपना निर्णय वह उसी क्षण ले चुकी थी—वह यहीं रहेगी। लखनऊ अब वह कभी नहीं लौटेगी। उसे देखकर लोगों की भद्दी फुसफुसाहट, संदिग्ध-कुटिल चितवनों की मार, सहअध्यापिकाओं की ईर्ष्यादग्ध बतकही अब उसे कुछ नहीं झेलना होगा। अपने ही दुख में डूबी, एक-दूसरे के प्रति समर्पित यह विचित्र जोड़ी ही शायद उसके आहत चित्त की व्यथा को भुला दे।

उसने एक बार कनखियों से अपनी नवीन स्वामिनी को देखा। वह फिर सिर से पैर तक चादर खींचकर सो गई थी। उसके उन्मादिनी रूप का यही सामान्य-सा परिचय उसे अब तक मिला था।

"आप थकी होंगी, अपने कमरे में चलकर आराम कीजिए। काशी आपका खाना वहीं ले आएगी," राजकमल सिंह ने कहा तो वह एकाएक चौंक पड़ी।

"काशी!" उन्होंने पुकारा।

"जी सरकार!" कहती जो तातार-सी लम्बी साँवली औरत आकर सामने खड़ी हुई, उसे देखकर कुमुद सिर से पैर तक काँप गई। उसका मर्दाना डील-डौल, सपाट छाती, स्याह रंग, गले में पड़ी असंख्य पोत की मालाएँ और कठोर मुखमुद्रा देख उसे बचपन में देखी पहाड़ी रामलीला की ताड़का का स्मरण हो आया :

मैं तो ताड़का तड़ातड़
तड़तड़ ताड़ करूँगी
तुम-जैसे नरों का मैं
संहार करूँगी

हाथ में कुछ न होने पर भी लग रहा था, नंगी शमशीर लपलपा रही है।

"इन्हें इनके कमरे में ले जाओ," राजकमल सिंह ने कहा तो उसे लगा

वह किसी जल्लाद को आदेश दे रहे हों—'इसे फाँसी के तख्ते पर खड़ा कर आओ!'

काशी का काला ऊँचा लहँगा, स्कर्ट की-सी ऊँचाई में घुटनों से कुछ ही नीचे तक पहुँच रहा था। कई रंगीन लाल-नीले टुकड़ों को जोड़कर बनाई गई उसकी बंजारिन की-सी चोली पर चिपकाए गए काँच चमचम चमक रहे थे, बड़ी लापरवाही से ओढ़ी चुनरी को उसने दक्षिण अंगवस्त्र की भाँति दोनों कन्धों पर डाल, बिना सिर ढाँपे गर्दन पर फेंटा-सा मार लिया था। पैरों में चाँदी के बुन्देलखंडी पैंजना चलने में खटर-खटर ऐसे बज रहे थे, जैसे किसी खूँखार कैदी के पैरों में पड़ी बेड़ियाँ।

बिना उससे एक शब्द बोले काशी उसे उसके कमरे तक पहुँचा गई। जाने से पहले, बड़ी अवज्ञापूर्ण दृष्टि से उसने कुमुद की ओर देखा जैसे पूछ रही हो—कुछ कहना तो नहीं है! उस दृष्टि में न उस नवीन अतिथि की आगमनी का उल्लास था, न कुतूहल, था तीव्र आक्रोश और विद्रूप...

'सुनो,' कुमुद ने ही उसे रोककर कहा—'तुम मेरे लिए खाना मत लाना, मुझे भूख नहीं है।' काशी पर, इस आदेश का कोई प्रभाव नहीं पड़ा, न उसने खाने का आग्रह किया, न यह पूछा कि क्या वह कुछ और लेगी? लम्बी-लम्बी डगें भरती, वह हवेली के असंख्य कोष्ठ-प्रकोष्ठों में खो गई।

द्वार पर चिटकनी चढ़ा, कुमुद ने साड़ी तहाकर धरी और चुपचाप पलंग पर लेट गई। पहली बार उस नवीन परिवेश की चुभन उसे सहस्र सुइयों-सी बींधने लगी। इधर-उधर करवटें बदलने पर भी जब नींद नहीं आई, तब वह खिड़की खोलकर खड़ी हो गई। रजनीगन्धा और खिले गुलाबों की मिश्रित मदिर सुगन्ध, खिड़की खोलते ही पूरे कमरे में धँस आई। हवेली निःस्तब्ध थी, इधर-उधर के सब कमरों की बत्तियाँ बुझ गई थीं। मध्य रात्रि का सन्नाटा चीरती, एक टिट्टिभ विलाप करती निःस्तब्धता को भंग कर गई, फिर वही सन्नाटा छा गया।

आज सोमवार था और पिछले ही सोमवार को तो उसके गृह में वह नाटक खेला गया था। 'मत मार दीदी, मत मार, मैं तेरे पाँव पड़ती हूँ, आज से कभी नहीं जाऊँगी वहाँ! कभी नहीं...' पर साक्षात् उग्र चंडिका बनी कुमुद ने उसे लकड़ी से मारते-मारते बेदम कर दिया, पूरे कमरे में उसकी चूड़ियाँ टूटकर बिखर गई थीं। अम्मा बीच में न आ जातीं, तो शायद वह उस दिन उसे जान से ही मार डालती। जब मारते-मारते स्वयं उसकी दोनों कलाइयाँ

दो दिन तक दुखती रही थीं, तब मार खानेवाली की दुरावस्था कैसी हुई होगी!

"हाय राम, क्या कर दिया तूने कुमुद, लड़की का चेहरा ही बिगाड़कर रख दिया!" अम्मा ने सिसकियाँ रोकने को मुँह में आँचल रख लिया था। ललाट के घाव से बहते रक्त की प्रगाढ़ धारा ने सचमुच ही चेहरे को विकृत कर दिया था। किन्तु एक क्षण को भी उसे अपनी उस छोटी बहन के ललाट के घाव और क्षत-विक्षत देह को देख पश्चाताप नहीं हुआ।

तीसरे दिन अम्मा रात की गाड़ी से अड़ोस-पड़ोस की नजर बचा, स्वयं उसे बड़े मामा के पास पहुँचाने पहाड़ चली गई थीं। लालू भी बहन की दुर्दशा देख, सहमकर कमरे से दो दिन तक बाहर ही नहीं निकला। लम्बी आयल और निम्नमुखी मूँछों वाले, उसके कई मित्र उसे बुलाने आए तो कुमुद ने कठोर स्वर में उनसे कह दिया, "लालू नहीं है, पहाड़ गया है।" उन छोकरों को देख उसके हाड़-मज्जा जल जाती थी। कैसे वह उसकी फीस जुटाती थी और कालेज गई तो पता लगा दो महीने से फीस ही नहीं जमा की गई थी। पिछली परीक्षा में केवल एक ही विषय में वह पास हुआ था। जब वह उससे रिजल्ट-कार्ड की बात पूछती, तब वह कहता—"दीदी इस बार रिजल्ट-कार्ड किसी को नहीं मिला।" कैसे बाबूजी ने उसे पेट काटकर अंग्रेजी स्कूल में पढ़ाया था, उसकी यूनिफार्म, उसकी महँगी किताबें, जूते-मोजे, रूमाल-टाई सबको जुटाने में बेचारे बाबूजी को अपने दरिद्र परिवार का शोषण करना पड़ता था, पर जब लालू उसके मित्रों से या स्वयं उनसे धड़ल्ले से अंग्रेजी में बहस करता तब उनका सीना गर्व से तन जाता। वही अंग्रेजी स्कूल की शिक्षा और मित्रों का अस्वाभाविक परिवेश उसे ले डूबा। स्कूल के मित्रों में से अधिकांश सम्भ्रान्त समृद्ध परिवारों के कुलदीपक थे या फिर इंजन-ड्राइवर या अनाथ—मिशन के दत्तक पुत्र—थे। लालू आरम्भ से ही अम्मा का लाड़ला था, उन्हीं के लाड़-दुलार ने उसे बिगाड़ा भी था। एक बार उसने गिटार लेने की जिद की तो अम्मा अपने कान की तरकी बेचकर उसके लिए गिटार खरीद लाई। बाबूजी को जब पता चला, तब घर में महाभारत मच गया था—"ठीक है बनाओ साले को भाँड-मीरासी, हमारा क्या!" छिपकर वह पिछवाड़े के रास्ते से साँप-सा रेंगता, हजरतगंज के किसी गिटार-स्कूल में गिटार सीखने जाता है और अम्मा ही उसकी फीस भरती है, यह सब दोनों बहनें जानती थीं, फिर भी दोनों ने कभी बाबूजी से उसकी चुगली नहीं खाई।

बाबूजी की मृत्यु के तीसरे ही महीने से भाई की गतिविधियाँ देख कुमुद का माथा ठनक गया था। उसके कपड़े वही धोती थी, इधर एक विचित्र कड़ुई दुर्गन्ध उन कपड़ों से आने लगी थी। तब क्या अभागा गाँजा-चरस पीने लगा था?

"दीदी," एक दिन उमा ने फुसफुसाकर उससे कहा—"लालू को मैंने आज कहाँ देखा जानती हो? रोवर्स के पास..."

"वह क्या है री?" उसने आश्चर्य से पूछा।

"वही तो लखनऊ के चरसी छोकरों का अड्डा है, वहीं सिगरेट में चरस रखकर पीते हैं..."

"तू क्या करने गई थी वहाँ," कुमुद ने उमा के हाथ जोर से पकड़कर उसे झकझोर दिया।

"आह छोड़ो दीदी, क्या करती हो, मेरी एक सहेली मुझे सौफ्टी खिलाने ले गई थी..."

"देख उमा, मैंने तुझे लाख बार समझाया है तू किसी के साथ ऐसे नहीं जाएगी—तेरा मन सौफ्टी खाने को ही करता है तो मुझसे कह, मैं ले चलूँगी तुझे।"

"वाह रे, मैं क्या अकेली गई थी? मीरा थी, निकी थी, लता थी..."

"कोई हो, मैंने जो कहा और जो कह रही हूँ, उसे कान खोलकर सुन ले! आज से जहाँ जाना होगा, मुझसे कहकर जाएगी, समझी?"

उमा का मुँह फूल गया था, बिना बहन के आदेश का समर्थन किए, वह मुँह फेरकर सो गई। यही गुण था उस लड़की में, जहाँ करवट बदली, वहीं गहरी नींद में डूब जाती थी—एकदम निष्पाप शिशु-से सुन्दर बहन के चेहरे को देख, उसे अपने शंकालु चित्त पर स्वयं ग्लानि हो आई थी। उसकी सखी नीता बनर्जी कह रही थी—"कुमुद, सुना है कुँवारी अध्यापिका कुछ अधिक ही शक्की होती हैं, हममें भी शायद यह अवगुण आ गया, मैं तो लड़कियों की कापियाँ बीच-बीच में टटोलती रहती हूँ। कहीं कोई प्रेमपत्र तो नहीं छिपाकर लाई।"

किन्तु उसकी शंका क्या निर्मूल थी? बाबूजी के सहपाठी रघुवरदत्त पांडे ही उसके भाई के कालेज में बड़े बाबू थे। उन्हीं से भाई की प्रगति का लेखा-जोखा लेने वह पहुँची तो अनायास ही छोटी बहन की अशोभनीय प्रगति का सूत्र स्वयं हाथ में आ गया—

"बेटी, समझ में नहीं आता कि धरणीधर का बेटा, ऐसा कैसे निकल गया। दो दिन तो मैंने इसे अपनी आँखों से सिनेमा की टिकट की लाइन में खड़ा देखा, मुझे देखकर भले ही छोकरे ने मुँह फिरा लिया था, पर मेरी नजर से कौन आज तक बच पाया है? मैं जानता हूँ कि सक्सेना के हरामखोर जनाने छोकरे की संगत ने ही इसे डुबाया है, पर उसका बाप है आई.ए.एस., एक न एक दिन अपने इस निकम्मे छोकरे को भी अपने ओहदे के बल पर किसी नौकरी पर टिका देगा, पर यह क्या खाकर उसकी बराबरी करेगा? गाँजे का दम यह लगाता है, चरस यह पीता है, क्या तुमने और तुम्हारी माँ ने इसे छुट्टे साँड़-सा ही छोड़ दिया है? कभी यह नहीं पूछा कि इतनी रात को कहाँ से आता है? क्योंकि मैंने इसे कई बार रात नौ बजे निशातगंज में मनहूस छोकरों के साथ देखा है।"

"पूछा क्यों नहीं कक्का, पर वह बेहद ढीठ हो गया है। हमें कुछ समझता ही नहीं..."

"एक बात और कहूँगा कुमुद," एक क्षण को रघु कक्का गम्भीर हो गए थे, जैसे सोच रहे हों कि जिस अप्रिय सत्य का प्रसंग छेड़ने वह जा रहे थे, उसे अभी कहना उचित होगा या नहीं। क्या यह लड़की, जो अमानवीय साहस से पितां की मृत्यु के पश्चात् एक प्रकार से अकेली ही परिवार को ठेल रही थी, यह दो धक्के एक साथ सह पाएगी? कहीं बेचारी एकदम टूट तो नहीं पड़ेगी?

"क्या कक्का, आप चुप क्यों हो गए? कुछ और किया है क्या लालू ने?" उसने अधैर्य से पूछा था।

"नहीं—लालू ने और कुछ नहीं किया, पर कुमुद, तुम्हें अपनी छोटी बहन की गतिविधि पर भी ध्यान देना चाहिए, तुम दिनभर नौकरी करती हो। सुना है लौटकर फिर ट्यूशन करने चली जाती हो। उमा कहाँ से दिन डूबे लौटती है, यह खबर रखती हो?"

"वह तो म्यूजिक कालेज जाती है कक्का, बड़ी जिद करने लगी कि नाच सीखेगी तो मैंने कहा ठीक है चली जाए। लौटते-लौटते देर हो जाती है। वह बस में आती है।"

"नहीं, बस में नहीं आती!" रघु कक्का के दोनों ओंठ उत्तेजना से काँप रहे थे।

"मैंने देखा उसे अभी पिछले बुधवार को एक गली से लौट रहा था,

काली ऐम्बेसडर कार में उमा बैठी थी, मैं तुमसे नहीं कहता, पर जो कार चला रहा था, उस लफंगे का चेहरा मुझे अच्छा नहीं लगा। जमाना बहुत बुरा आ गया है बेटी, तुम हमारे समाज को जानती हो। पहाड़ी समाज को, भगवान ने चार आँखें दी हैं, दो चेहरे पर और दो पीठ में। किसी और ने देख लिया तो अँधेर हो जाएगा। फिर तुम्हारी अम्मा मुझे उसकी कुण्डली दे गई है कि दद्दा को भेज दूँ। अब सगा भतीजा है मेरा, जान-बूझकर कैसे मक्खी निगल लूँ। तुम हमारे दद्दा को देख चुकी हो, लड़का रुड़की से इंजीनियरी पास है, पर अभी भी घर आता है तो कान में जनेऊ डालकर बाप से पूछता है–'बाबू निबट आऊँ?'

कुमुद का चेहरा फक हो गया था। यह क्या कह रहे थे रघु कक्का! पर उस अल्पभाषी-हित-चिन्तक, पिता के मित्र को वह जानती थी, ऐसी-वैसी बात वह कभी नहीं कह सकते थे–"ठीक है कक्का, मैं आज ही से उमा पर कड़ी निगरानी रखूँगी," कह वह उनके पैर छू गुस्से में भरभराती घर पहुँची तो देखा घर में ताला पड़ा है। अपने पर्स में वह हमेशा एक डुप्लीकेट चाबी रखती थी, सिर दर्द से फटा जा रहा था, नाना चिन्ताएँ उसके मस्तिष्क में घन की-सी चोटें किए जा रही थीं। किसके साथ गई थी उमा, कौन हो सकता है वह? अम्मा ने भी तो एकदम आँखें मूँद ली थीं। वह अकेली क्या-क्या करे? राशन, नून, तेल, लकड़ी से लेकर बाबूजी की पेंशन, फीस, मकान का किराया, बिजली का बिल। यह भी कैसा अन्याय था अम्मा का! कमाती, खटती, मरती वह थी, सारा लाड़-प्यार अम्मा उमा-लालू पर ही उड़ेलतीं–"उमा की सलवार फट गई है, उमा के लिए कोई अच्छा-सा टॉनिक लेती आना, भूख नहीं लगती है उसे, एक ही फुल्का खाकर उठ जाती है, इसी से हर वक्त चिड़चिड़ाती रहती है–कम कूवत गुस्सा बहुत!" हँसकर अम्मा ने कनखियों से कमाऊ बड़ी पुत्री की ओर देखा और उसकी गम्भीर मुखमुद्रा देखते ही पैंतरा बदल लिया था। वह समझ गई थी कि छोटी के प्रति उसे चिन्तातुर देख बड़ी प्रसन्न नहीं हुई है। चटपट वह प्रसंग बदल, तराजू के दोनों पलड़ों को बड़े धैर्य से एक सीध में साधने की हास्यास्पद चेष्टा करने लगी थी–"तूने भी तो खाना एकदम कम कर दिया है री! इतना दिमागी बोझा उठाती है और न एक बूँद दूध पीती है, न तुझे कोई फल ही खाते देखती हूँ। मैं कहती हूँ एक अंडा ही खा लिया कर!"

मन-ही-मन भोली अम्मा के अपटु प्रसंग-परिवर्तन को देख उसे हँसी भी

आई थी।

किन्तु उस दिन उसका सारा क्रोध अम्मा पर ही उतरा था। वह काम से बाहर रहती थी तो अम्मा तो दिन-रात घर पर ही रहती थीं। उन्होंने क्यों नहीं देखा उमा को! मान लिया वह यह कहकर ही जाती थी कि वह म्यूजिक कालेज जा रही है। पर वह किसकी काली कार में लौट रही है, क्या यह भी नहीं देख सकती थीं अम्मा?

अम्मा मन्दिर से लौटी तो देखा कुमुद के कमरे की बत्ती जल रही है। बिना उससे कुछ कहे अम्मा सीधे चौके में घुस गई थीं, मन-ही-मन वह अपनी तेजस्वी पुत्री से बहुत डरती थीं। कहेगी कुछ नहीं, पर अपनी चुप्पी से ही भूँजकर रख देगी लड़की! वैसे वह उसके कालेज से लौटने के समय सदा घर पर ही रहती थीं, वह जानती थीं कि दिनभर की थकी-माँदी कुमुद को घर आते ही चाय का गर्म प्याला अवश्य चाहिए। जल्दी-जल्दी एक-आध टोस्ट खा वह फिर ट्यूशन पर निकल जाती। लौटती तो झोले में सब्जी लाकर उसे थमा देती, ठीक जैसे उसके बाबू दफ्तर से लौटने में ले आया करते थे। स्वभाव, गाम्भीर्य, समझ सब कुछ ही तो लड़की ने बाप का पाया था। उन्हें भी घर आने पर उसकी ही उपस्थिति की कामना सदैव रहती—''देखो कुमुद की अम्मा, तुम दिनभर जहाँ मन चाहे जाओ, पर मैं दफ्तर से लौटूँ तो ऐसा न हो कि तुम घर न मिलो।'' वही हाल कुमुद का भी था। इसी से, वह हमेशा घर ही पर रहती थी, किन्तु सुरेश की अम्मा ने जिद की और वह भी सुपर मार्केट चली गईं। सुना, वहाँ बड़ा सस्ता कपड़ा आया था। पितृपक्ष आसन्न था, एक जोड़ा धोती लानी थी। कब से कुछ रुपये बचाकर उसने गोलख में रखे थे, उस दिन खोलने लगी तो देखा गोलख रिक्त था। पूरे पच्चीस रुपये थे, किसी ने बड़ी सफाई से रुपये निकाल, उसी दक्षता से ढकने की कीलें ठोंक दी थीं। यह किसके हाथ की सफाई थी, वह समझ गई, गहन क्षोभ से उसकी आँखें छलछला आईं। पिछले तीन दिनों से वह लगातार, कुमुद के बाबू को सपने में देख रही थी—उदास, पीड़ित आँखें, वस्त्रहीन नग्न पति को, सपने में सिरहाने खड़ा देखकर वह सिहर उठी थी—

''हाय राम, कुमुद के बाबू, नंगे कैसे खड़े हो? अभी बच्चे आते होंगे...''

पर वह एक शब्द भी नहीं कहते। बस आहत, बुभुक्षित दृष्टि से उसे देखते ही रहते, जैसे बिना मुँह बोले, आँखों ही आँखों में उससे कुछ माँग

रहे हों।

पति की कंकाल-सी नग्न काया को, उसने फिर लगातार दो दिनों तक देखा था। कौन-सा ऐसा दुख, कौन-सा अभाव था उन्हें? पंडितजी ने उस दिन गरुड़-पुराण में सुनाया था कि उस लोक में सुख ही सुख हैं, दिन-रात गोधूलि की आभा, पुष्पों का सिरहाना और मलयानिल के झोंके। तब उनका चेहरा इतना उदास क्यों था? फिर एकाएक वह रहस्य स्वयं सुलझ गया। धनाभाव के कारण वह पति की जीवितावस्था में पुत्र के गले में जनेऊ की डोर नहीं डाल सकी थी, क्रिया-कर्म किया था जेठ ने, वह ही उनका श्राद्ध भी करते थे, तब क्या कृपण जेठ ने पति के श्राद्ध में वस्त्र-दान नहीं दिया? उसी धोती के लिए यत्न से जोड़ी गई विरल धनराशि भी क्या उस अभागिनी के भाग्य में नहीं थी! 'नाश हो उस चोर का, हाथ-पैरों में कोढ़ फूटे!' पर फिर उसी क्षण गाली की गोली किधर जा रही है देख, सहमकर अपना श्राप पुनः कंठ में खींच, वह अपने ठाकुरजी के सिंहासन के सामने औंधी हो गई थी—"नहीं-नहीं, भगवान, उसे क्षमा करना प्रभु! अज्ञानवश ही उसने ऐसा किया होगा। बड़े-बड़े आदमियों के लड़कों में उठता-बैठता है, उसका भी तो मन करता होगा, बुरा भला खाने को! उसे क्षमा कर देना भगवान, बच्चा है बेचारा...' वही धोती जोड़ा खरीदने, फिर उसे सुरेश की अम्मा से पच्चीस रुपये उधार लेनें पड़े थे। आड़े वक्त उसकी वही रिश्ते की देवरानी काम आती थी। कुमुद को सब समझाकर कहेगी तो उसका गुस्सा स्वयं ही उतर जाएगा। चौके से चाय बनाकर वह कुमुद के कमरे में गई तो देखा, बत्ती बुझाकर कुमुद पलंग पर औंधी पड़ी थी। वह कप लेकर चुपचाप उसके सिरहाने खड़ी हो गई। ऐसे अँधेरे कमरे में तो वह कभी नहीं लेटती थी, क्या बहुत नाराज हो गई थी उससे?

"कुमुद ले बेटा, चाय पी ले, तबीयत ठीक नहीं है क्या?" अम्मा का वात्सल्य-विगलित कंठ स्वर सुनते ही कुमुद की आँखें छलछला उठीं—

"यहीं रख दो अम्मा, सिर में बहुत दर्द है," तकिए में ही मुँह धँसाए वह वैसी ही पड़ी रही। पुत्री की दुबली देह देख, गोदी का जी न जाने कैसा हो गया। कैसी सुन्दर थी उसकी बेटी! छूने से मैली होती थी, पर इधर नित्य ही भाग-दौड़ ने चेहरे पर स्याही फूँककर रख दी थी।

"ला तेल ठोंक दूँ," उसने कहा।

"नहीं-नहीं, तेल मत डालना अम्मा, मुझे अभी ट्यूशन पर जाना है,"

पड़े-पड़े ही उसने ऐसे छलबल से आँसू पोंछ लिए जैसे अम्मा न देख पाए। वह उठकर बैठी तो गोदी जान गई कि लड़की को कहीं गहरी चोट लगी है।

"तुम कहाँ गई थीं अम्मा?" उसने प्रकृतिस्थ होने की चेष्टा की।

"तेरे बाबू का श्राद्ध आ रहा है, कई दिनों से उन्हें सपने में देख रही हूँ। एकदम वस्त्रहीन आकर इसी कमरे में खड़े हैं।"

इसी कमरे में बाबू ने प्राण त्यागे थे। तब यही कमरा उनका था, उनकी मृत्यु के बाद यह कमरा स्वयं ही कुमुद का बन गया था। पहले तीनों भाई-बहन एक ही कमरे में सोते थे। अब वह अकेली इस कमरे में सोती थी। उमा माँ के साथ सोती थी, इतनी बड़ी होकर भी। अम्मा के साथ सोने की उसकी बचकानी आदत नहीं गई थी। लालू का कमरा अब गृह के सीमान्त पर था, वहाँ से रात्रि के गमन, आगमन की उसे विशेष सुविधा प्राप्त रहती। दीवारों पर टँगी बेहूदी तस्वीरें, चलचित्र-तारिकाओं के धृष्टता से मुस्कराते चेहरे, बेतरतीबी से फैली किताब, कापियाँ, कमरे की दुर्व्यवस्था ही किशोर स्वामी के फक्कड़ स्वभाव का परिचय देने को पर्याप्त थीं। प्रायः ही समय निकाल, कुमुद भाई का कमरा ठीक कर जाती, पर दूसरे दिन जाती तो फिर उसे वैसा ही अव्यवस्थित मिलता। कई बार उसे डाँट-फटकार चुकी थी, एक बार उसे खूँटी पर टँगी उसकी जीन्स की जेब में दो अधफुँकी सिगरेटें मिलीं तो वह बौखला गई थी—"देखो अम्मा," क्रोध से काँपती कुमुद ने दोनों टुकड़े माँ के सामने पटक दिए थे। लालू वहीं पर बैठा खाना रहा था।

"शर्म नहीं आती तुझे, हड्डी-पसली एक कर तुम्हें खिला रही हूँ, अभी इण्टर भी पास नहीं किया और नशा-पानी शुरू कर दिया? वाह, एक दिन शायद बोतल भी मिलेगी कमरे में! बोलता क्यों नहीं!"

थाली दूर पटक लालू तनकर उसके सामने खड़ा हो गया था, भाई की यह अबाध्यता देखकर वह सन्न रह गई थी। यही लालू कभी उससे थर-थर काँपता था—

"हाऊ डेयर यू...तुम्हें मेरे कमरे में जाकर मेरी जेब टटोलकर जासूसी करने का क्या हक है? मैं सिगरेट पीता हूँ और सौ बार पियूँगा—तुम कौन होती हो टोकने वाली? क्या तुमसे कभी एक अठन्नी भी माँगी है मैंने?"

"अच्छा! बताऊँ कौन होती हूँ मैं!" क्रोध से थर-थर काँपती कुमुद ने तीन-चार चाँटे तड़ातड़ उसके तमतमाए चेहरे पर जड़ दिए थे और फिर अम्मा पर बरस पड़ी थी—"यह सब तुम्हारा लाड़-दुलार है अम्मा, सिर पर चढ़ाकर

तुम्हीं ने बिगाड़ा है इसे। आज इसकी इतनी हिम्मत बढ़ गई कि मुझसे पूछता है–तुम कौन हो मेरी जेब टटोलनेवाली? तुम सुन ले रे लालू! एक बार नहीं, सौ बार टटोलूँगी तेरी जेब...''

''आई है बड़ी जेब टटोलनेवाली–मैं भी देख लूँगा,'' लालू ने जोर से चीखकर कहा और एक लात मारकर थाली को और दूर पटक दिया।

वही स्वर सुन गृहकलह का आनन्द लेने एकमात्र दीवार के व्यवधान को फाँद, उनकी प्रतिवेशिनी गंगाधर की माँ गौरी आ गई–''क्यों लड़ रहे हो दोनों भाई-बहन, क्या हो गया गोदी दीदी!''

''कुछ नहीं, कुछ नहीं, आओ बैठो गौरी, बच्चे हैं, उस पर भी पीठ पीछे के भाई-बहन! इसी से दोनों में ठनती रहती है। चाय पिओगी गौरी? केटली चढ़ी है...''

लालू भन्नाकर होंठों-ही-होंठों में बड़बड़ाता अपने कमरे में चला गया था और 'अम्मा, मैं ट्यूशन पर जा रही हूँ', कह कुमुद बिना चाय पिए ही तीर-सी निकल गई थी।

गौरी दीवार से कान लगाए सब कुछ सुन चुकी, फिर भी किसी निर्मम दारोगा की भाँति, उसे सदा घटना स्थल पर पहुँच, छोटी-छोटी बातों को कुरेदना बड़ा अच्छा लगता था। एक तो स्वयं उनका बिगड़ैल-बिदका बेटा, इस वर्ष हाई स्कूल में दसवीं बार फेल हुआ था, आज तक गोदी दीदी के इस पुत्र की वह पास-पड़ोस में प्रशंसा ही सुनती आई थी, सचमुच ही जब तक छोकरे का बाप नहीं मरा था, तब तक हमेशा अव्वल पास होता था, अपने अकर्मण्य पुत्र को वह प्रायः ही इस पड़ोसी-परिवार की सन्तान की प्रतिभा से दहलाती रहती थी—'एक हमारी गोदी दी के बच्चे हैं, आहा, बाहर-भीतर जाते नमस्कार, पैर छूना, उस पर तीनों वजीफा पाते हैं और एक तू है करमजला...'

आज अपने कानों से इस गृह की दुर्गति सुन गौरी का हृदय आनन्द से बल्लियों उछलने लगा था—अरे गोदी दी, मुझसे क्या छिपाओगी! पर इतना सुन लो, अब कौन सिगरेट नहीं पीता, आजकल के छोकरे तो माँ के गर्भ से सिगरेट फूँकते चले आते हैं।''

फिर अपनी रसिकता पर वह स्वयं ही पुलकित होकर हँसने लगी।

''पर जो भी कहो गोदी दी, तुम्हारी बड़ी लड़की तो साक्षात् लक्ष्मी है, जैसा ही रूप वैसा ही गऊ स्वभाव। कहीं लड़का-वड़का देख रही हो, क्या?''

''नहीं गौरी, वह शादी को राजी हो तो लड़का भी देखूँ! कहती है—उमा के लिए वर ढूँढो, मेरे लिए लड़का नहीं ढूँढ़ना होगा!''

अचानक गौरी की चुंधियाई आँखें एक कुटिल चमक से चमकने लगीं। उसने अपनी कुबड़ी पीठ पर झटके से आँचल खींचा और बड़ी आत्मीयता से पलटा, गोदी के और नजदीक सटा लिया—''कहीं खुद ही तो कोई जात-बेजात का लड़का नहीं ढूँढ़ लिया? हो सकता है, तब ही अपने लिए लड़का ढूँढ़ने के लिए मना कर रही हो?''

एकाएक कुमुद की माँ का चेहरा विवर्ण हो गया था। यह बात तो उस

सहृदया जननी के दिमाग में, स्वप्न में भी कभी नहीं आई थी! कहीं सचमुच ऐसा ही तो नहीं था? "आजकल, हमारी लड़कियाँ, क्या हमारी-तुम्हारी जैसी रह गई हैं, गोदी दी? अब देवीदत्त जी की लड़की नहीं भाग गई उस मुसल्टे के संग? अब देवीदत्त जी के खटराग को कौन नहीं जानता, गोदी दी। जरा-सा कच्चे-पक्के खाने पर तकरार हुई तो इनके बाप इनकी बारात ही बिना बहू लिए लौटा लाए थे! आज उन्हीं की लड़की ने बाप का नाक कटाकर रख दी तो क्या कर लिया उन्होंने? सुना ईद के दिन नया जोड़ा पहने, अमीनाबाद में घूम रही थी बेहया! हमारे इन्होंने आँखों से देखा, उस पर हिम्मत देखो नकटी की, इन्हें देखा तो बोली–'बड़े कक्का आदाब!' ये तो बेचारे गऊ हैं, गऊ, चुपचाप सिर झुकाए चले आए, मैंने कहा, 'मैं तुम्हारी जगह होती तो ईंटा-गुम्बा उठाकर मारती हरामजादी के सिर पर और कहती–ले आदाब!"

कुमुद अपने कमरे में बैठी सब सुन रही थी, मन-ही-मन वह क्रोध से बलबला रही थी। उमा होती तो अब तक गौरी चाची को खूब जली-कटी सुना आती–"अपनी नन्दी की बात क्यों भूल रही हो चाची, वह भी तो तुम सब के मुँह पर कालिख पोतकर–महेश सेठ के साथ बम्बई भाग गई थी! तुमने कैसी-कैसी बातें गढ़कर, सबको भुलावे में डालने की कोशिश की थी कि दूरदर्शन के किसी नृत्य-कार्यक्रम में भाग लेने बम्बई गई है, पर कौन नहीं जानता कि सूखा-सा मुँह लिए बद्री कक्का उसे ढूँढ़ने गए और पन्द्रहवें दिन पकड़कर ले भी आए। फिर तुमने उसे क्या एक भी दिन घर से बाहर निकलने दिया था? न जाने किस जादुई सुरंग से अपने बेटे के पास दुर्गापुर भेज दिया और हफ्ते ही भर में, उसका विवाह पक्का कर तीसरे महीने एक दूहेजू से फेरे फिरवा पिथौरागढ़ भेज दिया था!"

किन्तु आज तो उमा ने उसे किसी से कुछ कहने के योग्य ही कहाँ रखा था। उसकी प्रवंचना सुन वह स्तब्ध रह गई थी। कौन हो सकता था, उसे काली एम्बेसडर में घुमानेवाला! फिर उमा, जिसके भोले चेहरे से अभी कैशोर्य की दूधिया चमक ठीक से मिटी भी नहीं थी। वही उसे बीच-बीच में टोकती रहती थी–"उमा, यह कौन-सा तरीका है चुन्नी ओढ़ने का, इतनी हँसती क्यों है? जब देखो तब खी-खी..." पर उमा तो चिकना घड़ा थी, उस पर असर ही कहाँ होता था–"दीदी तुम्हारी यह कोटा-डोरिया पहन लूँ आज? प्लीज? दीदी आज, हमारे कालेज में सोशल है..." नहीं वह डपट देती–"साड़ी का सत्यानाश कर धर देती है तू, फिर साड़ी पहनकर बहुत बड़ी लगती है..."

"ओह समझ गई..." अविवेकी क्रोध की तरंगें, उसके सुन्दर चेहरे को एक पल को विकृत कर देतीं—"तुम जलती हो मुझसे, तुम नहीं चाहती मैं बड़ी लगूँ...अच्छी लगूँ...तुम क्या सोचती हो, एक तुम ही साड़ियाँ खरीद सकती हो? देख लेना एक दिन तुमसे भी चौगुनी साड़ियाँ खरीदकर दिखा दूँगी तुम्हें!" और वह गुस्से में भुनभुनाती, बिना कपड़े बदले ही अपने सोशल में चली गई। तब क्या कुमुद का कार्पण्य ही उसे उस मार्ग पर खींच ले गया था?

जिस दिन वह उसके काली एम्बेसडर-भ्रमण के बारे में सुनकर आई, उसी दिन उमा ने लौटने में बड़ी देर कर दी थी। कुमुद ट्यूशन से लौटी तो देखा चिन्तातुर अम्मा बरामदे में खड़ी हैं।

"क्या हुआ अम्मा, लालू नहीं आया क्या?"

"नहीं लालू को तो मैंने अभी उमा को ढूँढ़ने भेजा है। पता नहीं, कहाँ चली गई लड़की!"

"क्या, उमा अभी तक नहीं लौटी?" कुमुद को उसी दिन मिली चेतावनी और सहमा गई। रघु कक्का के शब्द, उसके कानों में बजने लगे—"तुम्हें अपनी छोटी बहन की गतिविधि पर भी ध्यान देना चाहिए, बेटी!"

"रुको अम्मा, मैं अभी उसकी सहेली मीरा को फोन कर पूछती हूँ, कहीं वहीं तो नहीं चली गई। वह फोन कर लौटी तो अम्मा बरामदे में ही खड़ी थीं। उसे देखते ही बड़ी आशा से लपकीं—"क्या हुआ फोन मिला?"

"हाँ" कुमुद अपने स्वर की अशिष्टता को नहीं रोक पाई थी "फोन मिला, पर वह नहीं मिली..."

"ऐसा तो कभी नहीं करती!" अम्मा ने अनुपस्थित छोटी पुत्री के दुर्बल पक्ष को सबल कर प्रस्तुत करने की चेष्टा की तो कुमुद का सारा गुस्सा निरीह अम्मा पर ही उतरा था—"ऐसा कभी नहीं करती, यही कह-कहकर तो तुमने उसे सिर पर चढ़ा लिया है अम्मा, अब भुगतो, जानती हो आज रघु कक्का क्या कह रहे थे!"

"चल भीतर चल बेटी। वह अभागी गौरी, यहीं कहीं कान लगाए, बिल्ली-सी देख रही होगी," अम्मा उसे हाथ पकड़कर भीतर खींच ले गई थीं, फिर दोनों कमरे में बड़ी देर तक, बिना कुछ कहे चुपचाप बैठी रहीं। लालू भला ऐसा अवसर कभी चुका सकता था? वह बहन को ढूँढ़ने के बहाने निश्चय ही अपनी चांडाल चौकड़ी के साथ कहीं निकल गया होगा।

साढ़े नौ बज गए थे। किससे कहेंगी? क्या करेंगी अब? पड़ोसियों से कुछ कहना व्यर्थ था—एक तूफान खड़ा हो जाएगा! पत्ता भी खटकता तो माँ-बेटी चौकन्नी होकर, खिड़की पर खड़ी हो जातीं, किसी स्कूटर-कार के निकट आने का आभास दोनों को उद्विग्न कर एक साथ कई बार खिड़की पर खड़ी कर चुका था, किन्तु दूसरे ही क्षण सड़क निःस्तब्ध हो जाती।

''जानती हो अम्मा!'' कुमुद ने भर्राए गले से कहा—''रघु कक्का कह रहे थे, वह उसे दो दिन किसी के साथ काली कार में आते देख चुके हैं। तुमने भी कभी देखा क्या?'' कठोर दृष्टि से उसने माँ की ओर देखकर पूछा था।

''काली कार? नहीं तो।''

पर कुमुद को लगा, उसकी सरला अम्मा की उस डरी सहमी 'नहीं' में भी एक विवश स्वीकृति है। हाँ उसने देखा है और यही कारण था कि आज छोटी पुत्री की अनुपस्थिति उसे नाना भयावह कल्पनाओं से सहमा रही थी।

अचानक द्वार की कुंडी खटकी और माँ-बेटी दोनों एक साथ तीर-सी लपकी थीं—

''क्षमा कीजिएगा, कुमुद जोशी क्या इसी मकान में रहती हैं?'' उस वर्दीधारी पुलिस के कर्मचारी को देखते ही अम्मा का चेहरा विवर्ण हो गया था। ''कोई एक्सीडेंट हो गया है क्या?'' अम्मा ने काँपते गले से पूछा।

''मैं ही हूँ कुमुद जोशी, आइए!'' बुद्धिमती कुमुद का अन्तर्बोध उसे एक पल में चौकन्नी कर गया था—''आप बैठें,'' उसने बड़ी संयत विनम्रता से कुर्सी खींच दी। 'आई एम सॉरी!' वह प्रौढ़ पुलिस अधिकारी हाथ के बैटन के दोनों सिरे पकड़ किसी बाजीगर के डंडे की भाँति सहलाने लगा—

''आई एम एफ्रेड—आई हैव एन अनप्लेजेंट न्यूज...''

कुमुद के आश्चर्यजनक स्थैर्य को देखकर, वह अधिकारी दंग रह गया था। न जिज्ञासा, न कुतूहल, न भयमिश्रित आशंका, न हिस्टिरिकल रोना-धोना—

''माताजी!'' उसने बड़े आदर से अम्मा को सम्बोधित किया था—''आप जरा दूसरे कमरे में चली जाएँगी? मुझे इनसे एकान्त में कुछ कहना है।''

''नहीं आपको जो कुछ कहना है, इन्हीं के सामने निःसंकोच कहिए,'' कुमुद ने ही फिर उठकर दूसरे कमरे में जा रही अम्मा को रोककर बिठा दिया था।

"उमा जोशी, आपकी सगी छोटी बहन है?"

"जी हाँ, आज वह अभी तक घर नहीं लौटी, हम परेशान हैं—पाँच बजे वह म्यूजिक कालेज गई थी। सात बजे लौट आती थी, आज अभी तक नहीं आई।"

"वह आपकी सगी बहन है क्या?"

"जी हाँ, कहा तो आपसे, हम दोनों सगी बहनें हैं..."

कुमुद का स्वर खीझकर, सामान्य-सा ऊँचा भी हो गया था।

अम्मा ने ही कुहनी के आघात से धीमे स्वर में सचेत किया—"आस्ते बोल बेटी, अभी पड़ोसी यहाँ जुट जाएँगे।"

"मैं इसलिए पूछा रहा हूँ मैडम कि उमा जोशी ने पुलिस में बयान दिया है, वह अपने माता-पिता की इकलौती सन्तान है—आपके पिताजी?"

"मेरे पिता नहीं हैं, पाँच वर्ष पूर्व उनकी मृत्यु हो चुकी है।"

"और तो यहाँ भी गलत बयान दे गई छोकरी!" पुलिस अधिकारी का उमा के लिए उस अशिष्ट सम्बोधन ने कुमुद के दिमाग का पारा फिर चढ़ा दिया—"जी?"

'उसने ऐसे कहा, जैसे थप्पड़ मार रही हो। उसने अपने बयान में कहा है कि उसके पिता रिटायर्ड ब्रिगेडियर हैं, महानगर में उनकी अपनी कोठी है, उसका नाम छाया बनर्जी है।'

कुमुद की छाती से जैसे किसी ने भारी शिला को उठाकर दूर पटक दिया—वह क्रोध से काँपती खड़ी हो गई—"तब? तब आप छाया बनर्जी के परिवार को ढूँढ़ने इतनी रात को हमारे घर में कैसे घुस आए?"

"आप शान्त होकर बैठ जाइए, मैडम! अभी हमें बहुत जानकारी आपको देनी है और बहुत जानकारी आपसे लेनी है..."

"मतलब?"

"मतलब यह है कि हमने एक ही घंटे में पता लगा लिया है कि छाया बनर्जी कौन है, कहाँ रहती है, आदि-आदि।"

"कैसे?" अविश्वास एवं अपमान से कुमुद अपनी देह का थर-थर काँपना रोक नहीं पा रही थी।

"यह समझने में आपका भी समय नष्ट होगा, मेरा भी। असलियत उगलवाने के हमारे अपने तरीके हैं मैडम, अब आपको हमारे साथ चलना होगा।"

"कहाँ?"

"थाने, जहाँ आपकी बहन छाया बनर्जी हवालात में बन्द हैं!" अधिकारी की तीखी व्यंग्यपूर्ण मुसकान कुमुद को तिलमिला गई थी।

"नहीं तू थाने नहीं जाएगी, चलना ही है तो मैं चलूँगी आपके साथ—इतनी रात को मैं इसे कभी नहीं जाने दूँगी—पर क्या किया है मेरी बच्ची ने, जो तुमने उसे थाने में बन्द कर दिया है?" अम्मा ने सिसकियाँ रोकने के लिए आँचल मुँह में दाब लिया।

"बहुत कुछ किया है माताजी, आप ऐसी बुजुर्ग के सामने कहते भी शरम आती है, पर हमारा पेशा ही बेशरमी का है। निरालानगर के एक कुख्यात अड्डे पर आज छापा मारा गया था, वहाँ भले घर की लड़कियों से पेशा करवाया जाता था। वहीं पर जो चार बदकिस्मत लड़कियाँ आज बरामद की गईं, उन्हीं में से एक आपकी पुत्री भी है, बाकी तीन चौक से मँगवाई गई पेशेवर नेपाली छोकरियाँ हैं। कल शायद अखबार में फोटो भी छपे, कितने तो पत्रकार वहाँ जुटे थे।"

उसी क्षण अम्मा फटाक से बेहोश होकर जमीन पर गिर गईं। बड़ी देर बाद उन्होंने आँखें खोलीं तो देखा वह वर्दीधारी और कुमुद उसी पर झुके हैं।

"मैं मर क्यों नहीं गई, मर क्यों नहीं गई! कुमुद के बाबू क्या यही दिखाने तुम मुझे अकेली छोड़ गए!" वह दोनों हाथों से मुँह ढाँपकर सिसकने लगीं।

"अम्मा धैर्य रखो, तुम ऐसे हिम्मत हारोगी तो मैं क्या करूँगी! पहले माथुर साहब को फोन करूँगी, शायद वह हमारी कुछ मदद कर सकें!"

किसी तरह अम्मा को समझा-बुझा वह पहले उसी कोठी में गई, जहाँ वह ट्यूशन करती थी। हो सकता है माथुर साहब का, डी.आई.जी. पद ही उसे उबार ले। उनकी तीनों पुत्रियाँ उसकी छात्राएँ थीं, स्वयं माथुर साहब भी कभी उसके पिता के छात्र रह चुके थे। उन्हीं के एक फोन ने फिर उसकी डूबी तरणी को उबार लिया था, किन्तु दूसरे ही दिन उसके ट्यूशन की तरणी डूबकर रह गई थी। बड़ी विनम्रता से ही माथुर साहब ने अर्दली से कहलवा दिया था—परीक्षा पास आ रही है, इसी से अब लड़कियाँ स्वयं पढ़ लेंगी, वह कष्ट न करें। एक लिफाफे में पूरे महीने का वेतन भी भिजवाया था, किन्तु वह लिफाफा मेज पर ही रख घर लौट आई थी। छोटी बहन के कलंक की

सजा उसे अब जीवन भर भुगतनी होगी। जिस गृह की छोटी पुत्री ऐसी थी, क्या सबूत था कि उसकी बड़ी पुत्री भी वैसी ही न हो?

और फिर उसी रात रणचंडी बन उसने बहन को अर्द्धमृत कर कोने में डाल, कमरे की साँकल चढ़ा दी थी। यह उसकी पुण्यवती जननी के ही पुण्यों के संचित-कोष का प्रताप था, जो उस परिवार की आन को, बिना खरोंच लगाए बचा ले गया। किसी को कानोंकान खबर नहीं लगी कि रात दस बजे पुलिस की जीप में कुमुद कहीं गई थी और न रात बीते दोनों बहनों को किसी ने कार से उतरते ही देखा। दूरदर्शी माथुर साहब ही दोनों बहनों को उसके मकान की सीमा से कुछ दूर उतार, तब तक खड़े-खड़े देखते रहे, जब तक दोनों द्वार खोलकर भीतर नहीं चली गईं। कुमुद पर उनका अनन्त स्नेह था, किन्तु आज जो घटा था, उसे देख अब वह नहीं चाहते थे कि उस परिवार की लड़की उनकी पुत्रियों को पढ़ाए, बड़े बुझे मन से ही उन्होंने दूसरे दिन उसे बिना मिले बाहर से ही टरका दिया था। फिर भी एक संक्षिप्त पत्र में उन्होंने स्थिति एवं विवशता स्पष्ट कर दी थी–'तुम मुझे अपनी पुत्रियों-सी ही प्रिय हो बेटी, पर कल जो घटना घटी है वह पुलिस की गढ़ी-रची घटना नहीं है–मैं तुम्हें एक ही राय दे सकता हूँ। जितनी जल्दी हो, उमा को शहर से कहीं दूर भेज दो–इसका यहाँ रहना कभी तुम्हारे लिए भी घातक सिद्ध हो सकता है।'

माथुर साहब की ही राय मान, दूसरे ही दिन उसने उमा को माँ के साथ ननिहाल भेज दिया था। बड़े मामा विधुर थे, सब जानते थे कि बीच-बीच में कुमुद-उमा वहाँ जाती रहती हैं इसी से कुतूहलप्रिया गौरी चाची की जिज्ञासा को उसने यहाँ पिस्सू-सा मसल दिया था–"मामा की तबीयत अचानक खराब हो गई, मुझे छुट्टी नहीं मिल सकती, इसी से अम्मा उमा को लेकर पहाड़ गई हैं।"

और जब अम्मा लौटीं तब साथ में उमा को न देख रिक्शा से उतरने से पहले ही गौरी चाची पूछने आ गई थीं–"हाय लड़की को कहाँ छोड़ आई हो गोदी दीदी, कालेज तो खुला है उसका!"

"दद्दा की देखभाल करनेवाला कोई नहीं था, मैं उसे छोड़ आई गौरी, दस दिन बाद तो गरमी की छुट्टियाँ हो ही जातीं, सोचा मामा की देखभाल कर लेगी।"

बस बात बड़ी सहजता से आई-गई हो गई थी। जो तीन छोकरियाँ उसके

साथ पकड़ी गई थीं, वे भी सम्भवतः उसके जाली नाम से ही परिचित रही होंगी और वे अपने नरक में लौट गई होंगी। ऐसी अपराधिनियों को इस पृथ्वी पर दंड मिलता ही कहाँ है! सौभाग्य से, अखबार में पुलिस से घिरी, जिन चार लड़कियों का चित्र छपा था, उसमें से चारों के चेहरे अस्पष्ट थे। एक ने साड़ी मुँह में साफे-सा लपेट, अपने को स्वयं छिपा लिया था, केवल पहचानने वाली ने ही, अपनी उस साड़ी की छींट को पहचानने में भूल नहीं की थी। एक लालू ही था, जिसे अब तक यह रहस्य समझ में नहीं आ रहा था कि क्यों शान्त दीदी में उमा को ऐसी बेरहमी से पीटा और क्यों कालेज खुला रहने पर भी, उसका निर्मम निर्वासन कर दिया गया। न किसी ने कुमुद से कुछ पूछा, न कहा, फिर भी उसे स्वयं, उस दमघोंटू वातावरण में साँस लेने में मृत्यु-तुल्य कष्ट होने लगा था। अध्यापिकाएँ आपस में फुसफुसाती तो उसे लगता, वे उसे ही देखकर हँस रही हैं, कोई राह चलते मुड़कर देखता या कोई उसकी रिक्शा के पास आकर, कार की गति धीमी करता, तो उसके हाथ-पैर ठंडे हो जाते। कहीं यह कोई उमा का ही प्रेमी तो नहीं था! अम्मा से पहले ही उसकी बात कम होती थी, अब तो वह बात भी 'हाँ-ना' तक ही सीमित रह गई। भूख लगती पर चेष्टा करने पर भी, वह गले के नीचे गस्सा नहीं उतार पाती। आठ ही दिन में उसके कन्धे की हड्डियाँ निकल आई थीं, आँखों के नीचे स्याही फुँक गई थी—उसके जी में आता वह कहीं दूर भाग जाए। इस लज्जा से उसने बाहर जाना भी बहुत कम कर दिया था। ट्यूशन छूट गए थे, सब्जी लानी होती तो वह अम्मा को भेज देती। पापिष्ठा बहन के गर्हित पाप का बोझ अब वह सहन नहीं कर पा रही थी। उस पर एक अज्ञात आशंका उसे सहसा आधी रात को जगाकर विचलित करने लगती। अभागिनी उमा को वह सरल मामा के सिर पर तो पटक आई थीं, पर कहीं अनजाने में ही कुछ और भी बड़ा पाप न बटोर बैठी हो लड़की! वहाँ तो मामा की गृहिणीहीन गृहस्थी में यदि ऐसी कुछ उलटी-सीधी अवस्था भी उमा की होगी तो कोई भाँपने वाली भी नहीं होगी। बहन की कौमार्यावस्था में ही उसकी जननी बनने की सम्भावना उसे कभी-कभी पागल बना देती।

तब ही उसे यह विज्ञापन दिख गया था। किन्तु यहाँ आकर भी क्या वह उस अस्वस्ति-बोध से मुक्त हो पा रही थी! माँ को नासमझ-बिगड़ैल भाई के साथ, अकेली छोड़ अपने कर्तव्य से परांगमुख पलायन को क्या उसका अन्तर्मन क्षमा कर पा रहा था।

किन्तु रातभर की चिन्ता, बेचैनी, छटपटाहट को उसने दूसरे दिन, अपने चेहरे पर फटकने नहीं दिया। निर्विकार मुद्रा में काशी चाय की ट्रे लाकर उसके कमरे में धरकर कह गई थी—"बाई साहब, आप नाश्ता कर लें तो ऊपर आ जाएँ।"

साहब के आदेश का पालन कर, वह ठीक दस बजे ही ऊपर पहुँची थीं, किन्तु उस प्रासाद की भूलभुलैया क्या लखनऊ की भूलभुलैया से कुछ कम थी?

"आइए, आइए मिस जोशी," राजकमल सिंह क्या सहसा किसी अदृश्य सुरंग से निकलकर उसके सामने खड़े हो गए थे? वह ऐसी चौंक उठी कि अभिवादन करना भी भूल गई थी। "आइए मेरी स्टडी में चलें!" चारों ओर से जालदार झरोखों से आती ठंडे कूलर की-सी हवा का वेग उसके बालों को अस्त-व्यस्त कर गया, हाथ से उन्हें बैठाती, वह कमरे में पहुँचकर खड़ी हो गई थी।

स्वयं घूमने वाली कुर्सी में बैठ चलचित्र के किसी मँजे अभिनेता की-सी स्वाभाविकता से कुर्सी को इधर-उधर घुमाते, राजकमल सिंह ने हाथ के सिगार की राख झाड़, बड़े ही मिष्ठ स्मित से कहा, "अरे, आप खड़ी क्यों हैं, बैठिए, बैठिए!"

वह बैठ गई, किन्तु अभी भी वह उस रौबीले व्यक्ति की ओर आँखें उठाकर देख नहीं पा रही थी।

"मैं देख रहा हूँ, मिस जोशी, यहाँ, यू आर नाट एट ईज़! क्या बात है? कोई परेशानी है क्या आपको?"

"जी नहीं...जी नहीं," दो बार अपने कथन की पुष्टि कर वह फिर उसी विवशता से चुप हो गई।

"नहीं, मुझे लग रहा है, आप यहाँ घबरा रही हैं, पर देखिए, आप इसे अपना ही घर समझिए, मुझे अपना स्वामी मत समझिए।"

अचानक कुमुद का गौरवर्णी चेहरा आरक्त हो उठा देख, राजकमल सिंह को लगा, उसके मुँह से कुछ ऐसी बात निकल गई है, जो उसे आहत कर अपदस्थ कर गई है। हिन्दी बोलने में वह प्रायः ही ऐसी मूर्खता कर बैठता था, अंग्रेजी में 'मास्टर' शब्द निरीह ही लगता, किन्तु हिन्दी में यही 'स्वामी' घातक अर्थ की सृष्टि कर सकता है, यह उसे ध्यान नहीं रहा था—

"क्षमा करें, प्लीज़ डोंट मिसअन्डरस्टेंड मी—मैं कहना चाह रहा था, आपके

मेरे बीच कभी भी यह भाव न रहें कि मैं आपको वेतन दे रहा हूँ, इसलिए मैं मालिक हूँ—आपका जब जी चाहे, जो जी चाहे करने की आपको पूर्ण स्वतन्त्रता रहेगी। आपने लिखा था कि आपकी एक शर्त है, बीच-बीच में अपने थीसिस के सिलसिले में आपको अपने गाइड से मिलने लखनऊ जाना होगा। आप अवश्य जा सकती हैं, पर एक शर्त मेरी भी है, मिस जोशी!'' इस बार सर्र से कुर्सी दाएँ-बाएँ घूम, सहसा उसके आमने-सामने रुक गई। इस बार कुमुद ने अपनी निर्भीक दृष्टि उस चेहरे की ओर उठाई। अभी तक वह इस चेहरे की दुरूह लिपि बाँच नहीं पाई थी—यह लिपि कुटिल थी या सरल?

''पूछेंगी नहीं क्या शर्त है मेरी?'' वह फिर सिगार, ओठों ही में दाब, बड़े आकर्षक ढंग से मुसकराया। सहसा, मरियम के गले का फाँसी का फन्दा, स्वयं कुमुद के गले में लिपट उसका दम घोंटने लगा। अब क्या कहेगा वह, कौन-सी शर्त हो सकती थी उसकी? उसे अंकशायिनी बनाने की? क्या इसी दुख से मरियम ने आत्महत्या की थी?

मन की समस्त भयावह शंकाएँ, उसे विह्वल कर उठीं, इस एकान्त में यदि इस अनजान व्यक्ति ने उसे दबोच लिया तो कौन बचाने आएगा उसे? हड़बड़ाकर वह उठ गई—''मुझे क्षमा करें, मैं यह नौकरी नहीं कर पाऊँगी!''

''बैठिए, बैठिए मिस जोशी, इतना घबरा क्यों रही हैं! बड़ी नर्वस टैम्परामेंट की हैं क्या आप? मेरी शर्त बहुत छोटी-सी है, जिसकी स्वीकृति देने में आपको कोई आपत्ति नहीं होनी चाहिए—''नूरबक्श,'' उन्होंने घंटी बजाई और तत्काल पर्दा खोलकर नूरबक्श भीतर आ गया।

''जी सरकार!''

''कॉफी ले आओ।''

नूरबक्श कॉफी लेने गया, तो कुमुद का मेघलुप्त शशि-सा विवर्ण चेहरा देखते ही राजकमल सिंह का कंठस्वर एकदम लोरी की थपकी-सा मृदुल हो उठा—''मिस जोशी, मेरी शर्त यह है कि आप जब तक यहाँ रहेंगी, इस हवेली के दोनों हिस्सों में रहनेवाले मेरे दोनों भाइयों के परिवारों से भूलकर भी कभी कोई सम्बन्ध नहीं रखेंगी। दुर्भाग्य से, हम तीनों सगे भाइयों का पारिवारिक वैमनस्य अब विकट रूप ले चुका है। उनका रहन-सहन, उठना-बैठना, उनके मित्र-परिचित हमसे एकदम भिन्न हैं। हैं तो दोनों ही विधायक, किन्तु आई

एम एशेम्ड टू से—पल्ले सिरे के लम्पट, विलासी, अविवेकी, नारी-लोलुप गुण्डों का ही जमघट यहाँ नित्य जुटा रहता है। दिन-रात यहाँ डाकुओं की मेजबानी निभाई जाती है, भिण्ड, मुरैना के दस्युदलों का विश्राम-गृह ही समझिए इसे। मेरे दोनों भतीजे भी आवारा हैं। मैं चाहता हूँ आप इन सबसे दूर रहें। इसका एक ही उपाय है—उनसे गज भर की दूरी बरती जाए। इतनी बड़ी हवेली है, यहाँ मनोरंजन के समस्त साधन मैंने जुटाकर भर दिए हैं। टेलीविजन है, वीडियो है, भीतर ही टेनिस कोर्ट है, स्विमिंग पूल है और यदि आपको पढ़ने का शौक है तो इतना ही कहूँगा कि मुझे अपनी लाइब्रेरी पर गर्व है। सब जर्नल्स, मैन्युअल आपको यहाँ मिलेंगे—और फिर मालती है, जब वह नार्मल रहती है मिस जोशी, तब कभी किसी को परेशान नहीं करती और जब कभी उसका उन्माद उग्र बनेगा तब मैं आप पर आँच नहीं आने दूँगा।''

सचमुच ही उन चार महीनों में कुमुद को अपनी वह निरंकुश दिनचर्या अत्यन्त प्रिय लगने लगी थी। धीरे-धीरे उसने उस रहस्यमय सिंहसदन की बारहखड़ी बड़ी सहजता से कण्ठस्थ कर ली थी। असली गृहस्वामिनी को अपनी विलासपूर्ण पर्येवपरिधि से ही लगाव था, दिन भर वह चुपचाप पलंग पर पसर, खुली खिड़की से एकटक देखती, कभी मुस्कराती, कभी अपनी चूड़ियों को सहलाती रहती, कभी तन्न से उठकर बरामदे में चहलकदमी करने लगती। उसके उन अस्वाभाविक क्षणों में उसके पीछे-पीछे छाया-सी डोलती कुमद की उपस्थिति को अब मालती ने बड़ी सहजता से स्वीकार कर लिया था। एक दिन वह ऐसे ही तेज कदमों से चहलकदमी करती छज्जे तक चली गई और तब ही नारीकंठ की दबी हँसी के स्वर से चौंककर कुमुद की दृष्टि दूसरे छज्जे पर खड़ी, वर्जित सीमा की गृहस्वामिनियों पर पड़ी थी—ओह तो ये ही थीं मालती की जिठानियाँ! उनमें से एक अपने मेद-बहुल शरीर के कारण ठीक से खड़ी भी नहीं हो पा रही थी—गोरा भभूका रंग, किन्तु भयावह मोटापा जैसे थक्कों में झूल रहा था। दूसरी, साँवली और बेहद चुलबुली लग रही थी, वही हँस-हँसकर कह रही थी—लो अब ये आई हैं पगलिया को देखने, देवरजी हमारे खूब छाँट-छाँटकर लाते हैं, 'क्यों जी, तुम कहाँ लटकोगी पंखे पर या...'

''क्या हो रहा है यहाँ अम्मा, खाना नहीं लगेगा क्या आज? हमें अभी लखनऊ जाना है...'' जो खीझे स्वर में भुनभुनाता उन दोनों के बीच आकर खड़ा हुआ था, उसे देख कुमुद एक पल को आँखें नहीं हटा पाई। वह भी

उसे अपनी नीली आँखों से अवाक् होकर देख रहा था—लग रहा था कोई विदेशी पर्यटक ही धोती-कुर्ता पहने खड़ा है।

इतने ही में शान्त मालती ने एक बड़ी-सी ईंट उठा ली, उन तीनों को देख वह न जाने क्या बड़बड़ाती ईंट मारने दौड़ी और तीनों हवा के वेग से भीतर चले गए। उत्तेजित मालती को भीतर लाने में फिर कुमुद पसीना-पसीना हो गई। राजकमल सिंह की चेतावनी उसे पद-पद पर त्रस्त करने लगी—मैं चाहता हूँ आप इन सबसे दूर रहें—इसका एक ही उपाय है कि इनसे गज-भर की दूरी बरती जाए, पर जैसे अनजाने में वह उस परिवार से आज टकरा गई थी, क्या यह सम्भावना सदा बनी नहीं रहेगी?

मालती का उठना-बैठना, खाना-पीना, सोना सब उसकी इच्छा पर निर्भर रहता था, यह अभिज्ञता कुमुद को गृहस्वामी ने उसकी नियुक्ति के दिन ही थमा दी थी—"डाक्टर का कहना है, इन्हें कभी छेड़िएगा मत, जो करना चाहें, जैसे करना चाहें, करने दीजिए—आपको कभी कोई परेशानी नहीं होगी।" किन्तु कभी-कभी कुमुद को सनकी स्वामिनी रुला-रुला देती थी, इधर वह प्रायः ही छज्जे पर भागकर टहलने चली जाती, कभी-कभी तो नाश्ते की ट्रे लिये-लिये कुमुद को भी उसके पीछे-पीछे भाग उसे किसी अबोध बालक की भाँति खिलाना पड़ता। एक दिन वह खुले छज्जे पर बड़े धैर्य से उसे मना-मनाकर अंडा खिला रही थी कि समवेत राशिभूत खिलखिलाहट सुनकर चौंक उठी—छज्जे से ही लगा छज्जा शत्रुपक्ष की परिधि में आता है, यह वह जानती थी। आज सहसा वहाँ उस मेम-सी गोरी स्थूलांगी महिला को देख वह स्वामिनी को अंडा खिलाना भी भूल गई। कैसा अमानवीय मुटापा था, छाती, पेट का सौष्ठव, उस पर गौर अंगों पर झलमलाते आभूषणों की आभा, विराट वपु को और भी विभ्राट बनाकर प्रस्तुत कर रही थी। उसके पीछे एक उतनी ही साँवली, छरहरी दूसरी प्रौढ़ा खड़ी थी, और उसके कन्धे पर हाथ धरकर खड़ा निर्लज्ज दृष्टि से उसे आँखों ही आँखों में लील रहा, वह युवक! कैसा अद्भुत साम्य था राजकमल सिंह से। क्या विधाता ने इस परिवार के सभी पुरुषों को मृत्तिका के एक ही साँचे में ढालकर गढ़ा था!

"अजी मैं कहती हूँ सुनो तो मिस साहब, क्या नाम है तुम्हारा?" स्थूलांगी महिला ने बड़ी विद्रूपपूर्ण हँसी के साथ अपने प्रश्न का ढेला फेंका—

"क्यों री मँझली, छुटके राजा की पसन्द आला है ना? एक-से-एक छाँटकर न जाने कहाँ से ले आते हैं!"

ओह, तो ये ही थीं राजा राजकमल सिंह की दोनों भाभियाँ और पीछे खड़ा युवक इन्हीं में से एक का पुत्र होगा—.

"चलिए, नीचे चलें," कुमुद ने बड़ी अवज्ञा से सामने खड़ी स्थूलांगी के प्रश्न को सुने का अनसुना कर स्वामिनी का हाथ पकड़ लिया, पर वह एकटक अपनी दोनों जिठानियों को ऐसे देख रही थी, जैसे वर्षों से बिछुड़े चेहरों को पहचानने की चेष्टा कर रही हो, कुमुद का हाथ झटककर वह उन्हीं की ओर बढ़ने लगी।

"क्यों री छुटकी, यह सौत अच्छी है, या पहले की अच्छी थी?" साँवली चुलबुली मँझली ने पूछा और फिर आँचल मुँह में रख खी-खीकर हँसने लगी–

"ओह! चुप भी करो चाची," वह युवक अधैर्य से आगे बढ़ा–"क्षमा करें, आप मेरी माँ और चाची के कहने का बुरा न मानें, वी फील सो सॉरी फार यू–जब भी आपका जी न लगे..." वह अपना वाक्य पूरा भी नहीं कर पाया था कि दोनों हाथों से बारजे पर धरा तुलसी का गमला उठा मालती ने पूरी शक्ति से शत्रुपक्ष की ओर फेंक दिया। हड़बड़ाकर तीनों के भीतर भागते ही मालती शान्त अविचलित मुद्रा में धीरे-धीरे सीढ़ियाँ उतर अपने कमरे में जाकर ऐसे लेट गई जैसे कुछ हुआ ही न हो। उस दिन से कुमुद उसे मना-फुसलाकर कमरे में ही रोककर नाश्ता खिला देती। सात-आठ दिन तक मालती का उन्माद जैसे एकदम ही विलुप्त हो गया, न वह एकान्त में बड़बड़ाती, न अकारण मुस्कराती, जो भी खाने के लिए कुमुद कहती वह आज्ञाकारिणी सुशिष्ट बालिका की भाँति खा लेती। पहले उसे साड़ी पहनाने में कुमुद कभी पसीना-पसीना हो जाती थी, बड़े यत्न से साड़ी पहनाकर कहती–देखिए, जरा आईने में, यह रंग आप पर कैसा फब रहा है! और दूसरे ही क्षण उन्मादिनी साड़ी खोलकर दूर पटक देती। जूड़ा बनाकर पाटी बिठा, कंघी, ब्रश ड्रेसिंग-टेबल पर रखकर लौटती, तो देखती जूड़ा खोल-खाल, मालती ने भूतनी-से बाल पूरे चेहरे पर फैला लिए हैं। किन्तु इधर वह स्वयं ही शृंगारप्रिया बन गई थी, यत्न से सज-सँवर वह कभी बड़ी देर तक दर्पण में अपना सुन्दर प्रतिबिम्ब देखती, मुस्कराती रहती। स्वयं राजकमल सिंह भी पत्नी की सहज स्वाभाविकता देखकर, एक दिन कुमुद से कहने लगे–"मिस जोशी, अब मुझे पक्का विश्वास हो गया है कि आपकी उपस्थिति ने मालती को एकदम बदल दिया है–देअर हैज बीन ए रिमार्केबल चेंज–सोच रहा हूँ इधर कुछ जरूरी काम निबटा आऊँ–अब निश्चिन्त होकर जा सकता हूँ..."

किन्तु, दूसरे ही दिन मालती ने जो किया, उसके लिए कुमुद भी प्रस्तुत

नहीं थी। उस दिन, वह स्वयं अपने हाथों से उसके लिए नाश्ता बनाकर लाई थी—

"देखिए, मैं आज आपके लिए क्या बनाकर लाई हूँ चीज़-टोस्ट और मसाले की चाय। काशी कह रही थी कि आपको बहुत पसंद है ऐसी चाय—क्यों है ना?"

शान्त, झील-सी आँखों में एक क्षण को जैसे शाठ्य की चिनगारी-सी कौंधी, लुभावने स्मित में तिर्यक् अरुण-अधर, दृढ़ता से फिर भिंच गए।

अपनी सरस भूमिका के प्रत्युत्तर की आशा कुमुद को रहती ही कब थी, कभी-कभी अपनी यह एकांगी, व्यर्थ चाटुकारिता उसे स्वयं उबा देती, पर वह बड़े यत्न से स्वामिनी की प्रस्तर मूर्ति की जपार्चना में स्तुति-सी करती, उसे अंडा खिलाती जा रही थी—"कितनी सुन्दर लग रही हैं आज आप! मैंने आज आपका ढीला जूड़ा बनाया है, नोट किया ना आपने? कल मैं आपके लिए बेले का गजरा बना दूँगी—ऐसे ढीले जूड़े में ही तो गजरा अच्छा लगता है! वाह, अंडा तो आपने खा लिया, अब यह टोस्ट खाकर देखिए—कैसा बना है!" कुमुद की मधुर स्मित-रेखा, ओठों से मिटी भी नहीं थी और वह बड़े दुलार से, उसके मुँह में टोस्ट दे रही थी कि मालती ने लपककर टोस्ट के साथ-साथ कुमुद की अँगुली पर भी बत्तीसी जमा दी। रोकने पर भी एक चीख उसके मुँह से निकल ही गई और भागकर राजकमल सिंह अपनी स्टडी से आ गए थे—

"मालती, मालती! क्या कर रही हो! उन्होंने पत्नी को झकझोर कर, अपने चौड़े पंजे से उसके दोनों कपोल दबा, कुमुद की घायल अँगुली को बड़े कौशल से बाहर खींच लिया था। अँगुली पर स्पष्ट दंत-क्षत उभर आए थे, कुमुद की आँखों में पीड़ा के आँसू छलक आए, एक क्षण को उसे लगा था, उसकी अँगुली का सिरा भी टोस्ट के साथ-साथ स्वामिनी ने उदरस्थ कर लिया है। कुछ क्षणों तक, वह विस्मय-विमूढ़ अवस्था में चित्रार्पित-सी खड़ी रह गई थी। मालती अब भी बुभुक्षित दृष्टि से उसे देख रही थी। राजकमल सिंह न आते तो, वह शायद उसकी पूरी अँगुली ही कचर-कचरकर चबा डालती। उस भयावह संभावना ने कुमुद को एक बार फिर आतंकित कर दिया। उसके अस्फुट कंठ से शायद एक चीख फिर निकल जाती किन्तु उसने अपने को संयत कर लिया।

कैसी विचित्र पुतलियाँ लग रही थीं मालती की! जैसे दगदगाती हीरे की

दो कनियाँ हों, बार-बार वह अपनी पतली जिह्वा को अपने रक्तवर्णी अधरों पर फेर रही थी, यह तो नित्य की सौम्य-शांत स्वामिनी नहीं, जैसे भयंकरकारी अग्निशिखा लपटें ले रही थीं।

उसके आतंकित सफेद चेहरे को देख राजा राजकमल सिंह सहसा उसकी ओर बढ़ आए—"आई एम एक्सट्रीमली सॉरी," आज से आप इन्हें अपने हाथों से कुछ भी मत खिलाइए, मैं काशी से कहूँगा, वह इन्हें खिलाया करेगी..." उसकी घायल अँगुली को उन्होंने हाथ में लेकर देखने की चेष्टा की, किन्तु उसी क्षण उन्मत्त पत्नी की उग्र दृष्टि उसी अँगुली पर निबद्ध देख, उन्होंने अपने हाथ में धरा वह दुबला-सा हाथ पत्नी की ओर किया—"देखो क्या कर दिया है तुमने, देखा?"

मालती की अग्निगर्भा दृष्टि देख, सहसा कुमुद ने सहमकर अपना हाथ पीछे खींच लिया।

मालती ने टोस्ट की प्लेट खींचकर गोद में धर ली और क्षुधातुर पशु की भाँति कचर-कचरकर, ऐसी उदासीनता से खाने लगी, जैसे कुछ हुआ ही न हो।

"लीव हर एलोन!" राजकमल सिंह ने फुसफुसाकर कहा—"आप बाहर खड़ी रहिए, मैं आज स्वयं इन्हें तैयार कर लूँगा।"

वह चुपचाप बाहर आ गई और बाहर धरी कुर्सी पर बैठ गई। हवा के झोंके से हिल रहे पर्दे की चिलमन से, वह न चाहने पर भी सब कुछ देख पा रही थी। धीमे स्वर में न जाने किन शब्दों के मोहपाश में पत्नी को बाँधते राजकमल सिंह अनभ्यस्त हाथों से उसके बाल बना रहे थे, नैपकिन से मुँह पोंछ रहे थे, फिर उतने ही यत्न से मालती को एक प्रकार से गोद में ही उठा, उन्होंने कुर्सी पर बिठाया, बिस्तर लगाया और धीमे अनन्त दुलार-भरे स्वर में जो प्रश्न पूछा, वह पर्दे को चीर बड़ी प्रखरता से बाहर चला आया—"मेरे कमरे में चलोगी मालती?"

किन्तु मालती प्रस्तरमूर्ति-सी कुर्सी पर ही बैठी रही, पति के मधुर प्रस्ताव का न उसने अनुमोदन किया, न खंडन! सहसा धीरे से कमरे के पट बन्द हो गए।

कुमुद को अब वहाँ अपनी उपस्थिति स्वयं अनावश्यक लगने लगी। हो सकता है रूठी उन्मादिनी सहचरी को वह प्रणय के जंग लगे आयुधों से विजित करना चाह रहे हों। किन्तु प्रणय का यह नाटक क्या जानबूझकर ही

उसकी उपस्थिति में प्रस्तुत कर रहे थे राजा साहब? उससे अपने कमरे में जाने को भी तो कह सकते थे, क्या उसे गृह-परिचारिका की श्रेणी में रख दिया गया था? 'आप बाहर खड़ी रहिए,' यह भी खूब रही! पागल पत्नी ने अँगुली चबा डाली, उस घायल अँगुली की मरहम-पट्टी तो दूर, काशी वाली कुर्सी पर उसे बाहर बिठा दिया। सहसा अव्यक्त क्रोध से उसका सर्वांग दग्ध हो उठा था। यह अपमान नहीं तो और क्या था, उसी के मुँह पर पट से दरवाजा बन्द कर दिया, यह भी नहीं कहा कि आप अपने कमरे में जाकर आराम करें। उसके जी में आया, उसी क्षण वह बोरिया-बिस्तर बाँध घर चली जाए। आज की यह दुर्घटना भविष्य में कभी भी और भयावह रूप ले सकती थी, फिर कटी अँगुली धप-धप कर धपक रही थी। अम्मा कहती थी कि मनुष्य के दाँतों का विष काले नाग के विष-सा ही जहरीला होता है। घायल अँगुली को हाथ में थामे वह धीरे-धीरे सीढ़ियाँ उतरती अपने कमरे में आ गई। हवेली का वामांग निरंतर दो रातों से ढोलक की थपेड़ों से गूँज रहा था–

मेरा बन्ना है फूल गुलाब
बन्नी मेरी चम्पाकली
शीश बन्ने के कलंगी सोहे
सेहरे की अजब बहार
बन्नी मेरी चम्पाकली

काशी पता नहीं क्यों उससे चिढ़ती थी, पर दूसरी नौकरानी रामपियारी, प्रायः ही काम-काज से छुट्टी पा, उसके पास आकर बैठ जाती। उसी ने बताया था कि परसों बड़े राजा के छुटके भैया का तिलक चढ़ेगा–"पहली रही लखीमपुर की, साल-भर नहीं काटिन, मुला दहेज कम मिला रहा, जला डारिन कस्साई..." उसने फुसफुसाकर कहा था–"अयसी जलत रहीं–जयसे भूसा के ढेरी, बाप-महतारी आए तो मटियो नाहीं पाइन–अब दूसरी लाय रहे हैं, द्याखो इनका कौन गत बनी!"

क्या कह रही थी वह! यह सब होता था इस सुदर्शन हवेली में! कहीं फाँसी के फन्दे से झूलती किसी नारी की देह और कहीं भूसे की ढेरी-सी सिलगती घर की बहू! उसके जी में कई बार आया था, वह रामपियारी से पूछे कि मरियम की आत्महत्या का रहस्य क्या था? पूछने में तो कोई दोष नहीं हो सकता था। आखिर, वह भी तो मरियम का स्थान ग्रहण करने आई

है, पूछ लेगी, तो कम-से-कम उस देहरी पर तो ठोकर नहीं खाएगी, जिस पर ठोकर खाकर मरियम को प्राण देने पड़े, वह सावधान तो हो सकती थी। किन्तु तभी उसे अपनी ओछी जिज्ञासा से स्वयं ग्लानि हो आती। उसकी यही जन्मजात तटस्थता, कभी उसकी मुखरा बहन उमा को बौखला देती थी—"हद हो तुम भी दीदी, कोई तुमसे बातें करता है, और तुम गुमसुम बनकर पत्थर बन जाती हो!" ठीक ही कहती थी उमा, ट्रेन की यात्रा हो या बस की, जहाँ चपर-चपर बोलती उमा, पल-भर में उनके बारे में सब कुछ जान जाती, वहीं पर वह पूरी यात्रा निःशब्द काट लेती। इसी से हवेली के दाएँ-बाएँ अंग उसके लिए अभी भी पक्षाघात से अवश अंगों से ही अर्थहीन बने रह गए थे, उस दिन अकस्मात् उस वर्जित परिवार की महिलाओं को न देखती तो शायद यह भी नहीं जान पाती कि वहाँ कौन रहता है।

किन्तु इधर न चाहने पर भी उसे उस विलासी परिवार की झाँकियाँ देखने को मिलती रहतीं। प्रायः ही वह देखती, फिएट गाड़ी को हवा के वेग से भगाते, बड़े राजा के दोनों सुदर्शन बेटे, अपने मित्रों की टोली को लेकर आते और बड़ी रात तक, उसी के कमरे से सटे कमरे में सारी रात धमाचौकड़ी मचाते। बरामदे में ही वाशबेसिन लगा था, वहीं राजकमल सिंह के बड़े भाई शिवकमलसिंह, अपनी ह्वीलचेयर की घर-घर से उसे तड़के ही उठा देते। वर्षों पूर्व मचान से गिरकर उनकी रीढ़ की हड्डी में जो चोट आई थी वह उन्हें जीवन-भर के लिए पंगु बना गई थी। उनकी प्रातःक्रिया का भयावह रूप देखकर, वह पहले दिन तो सहम ही गई थी, खाक-खाक खर्र-खर्र सुनकर लगता, जीभ को ही जड़ से उखाड़कर बाहर फेंक रहे हैं। पक्षाघात के दो झटकों ने उनकी वाणी को भी अस्पष्ट बना दिया था। गोंगिया कर न जाने किन-किन नौकरों के नाम ले-लेकर पूरे घर को सिर पर उठा लेते थे। एक दिन वह लॉन में अकेली टहल रही थी, इतने तड़के हवेली में कोई उठता नहीं था, इसी से उस क्षणिक एकान्त का सुअवसर पाकर ही वह टहलने निकली थी। जब से लखनऊ छोड़ा था, खुले आकाश के नीचे पल-भर साँस लेने को वह तरस-तरस गई थी। सहसा कोलाहल सुनकर उसने चौंककर देखा, एक पल को वह विमूढ़ खड़ी देखती रह गई थी, एकदम दिगम्बर बने बड़े राजा निर्वस्त्र अपनी कुर्सी पर बैठे थे। उनकी गौर नग्न देह खून से तर थी, दो-तीन नौकर उसी रक्त को उनके सर्वांग में बार-बार पोतते जा रहे थे और छज्जे पर दिखी वही स्थूलांगी महिला, अपने मर्दाने कंठ से उन्हें आदेश

दे रही थी—"पुट्ठे पर मलो, अब जाँघ पर, जोर-जोर से..." निरीह गोंगिया रहे शिवकमल सिंह न जाने क्या कहने की चेष्टा कर रहे थे। सहसा उनकी दृष्टि नीचे खड़ी कुमुद पर पड़ी, वहीं से चीखकर उन्होंने अपने विकृत स्वर का ऐसा चाबुक मारा कि वह तिलमिला गई—"भाग, भाग..." जैसे सड़क के कुत्ते को दुतकार रहे हों।

"कौन है?" स्थूलांगी महिला अपनी विराट् कटि परिधि पर हाथ टिकाए आगे बढ़ी—"वही है छुटके राजा की रखैल!"

अपमान से कुमुद के दोनों कान झनझना उठे, वह तेजी से कमरे में चली आई। छिः छिः, कैसे ओछे लोग थे वे! इस मर्यादाहीन प्रतिवेशी परिवार से वह आखिर कब तक बच पाएगी! आज बरामदे में खड़ी होकर स्थूलांगी ने जो निर्लज्ज घोषणा की थी, उसे वहाँ खड़े नौकरों ने भी तो सुना होगा! वह उस आकस्मिक धक्के से ऐसी स्तब्ध हो गई थी कि नहाना भी भूल गई। रामपियारी जब एकदम ही उसके पास आकर खड़ी हो गई, तब वह चौंकी।

"काहे, मिस साहब, बहुत डराय गईं? हम सब सुनत रहे, अरे बुढ्ढा सठियाव गवा है, जब से फालिज गिरी है, हर अतवार-मंगल, जंगली कबूतर केर खून की मालिश करात है बुढ़वा, मादरजात नंगा बैठा रहा, तुमका देख लिहिस तो बौरा गवा...इहाँ का मानुस रहत हैं? सब बनमानुस हैं, मिस साहब, बनमानुस!"

ठीक ही कहा था उसने। बड़े राजा के बड़े बेटे ने किसी मेम से विवाह किया था और वह अपनी पत्नी को लेकर अपनी चीनी मिल के अहाते में, अपनी नवनिर्मित कोठी में रहने चला गया था।

"बड़ा गोश्त खाती है मेमवा, खनसामा बतात रहा हमें, बिना गाय के गोश्त के गस्सा नहीं तोड़ती ससुरी, अउर सास है भैंसिया कि एक दिन हम से छुय गई तो चट्ट से नहाई डारिन!"

कभी-कभी वह अपने पुत्र-पत्नी सहित हवेली में आता तो उसके पुत्र को बाबा गाड़ी में घुमाती आया, प्रायः ही कुमुद को दिख जाती। एक दिन बीड़ी सुलगाने में उसने गाड़ी को छोड़ दिया और ढलान में ढलकती गाड़ी ठीक उसी की खिड़की के नीचे रुक गई थी। सहमकर वह पीछे हट गई। कैसी विचित्र बनावट थी निर्विकार चेहरे की! भावशून्य आँखों की पुतलियाँ एकदम स्थिर, मुँह से टपकती लार और असहाय विवशता में इधर-उधर लुढ़कती गर्दन! चमड़े की पेटियों से उस मंगोल बालक को बड़ी निर्ममता से

कसकर, गाड़ी से बाँध दिया गया था। ठीक ही कह रही थी रामपियारी, यह अभिशप्त हवेली, मानुस नहीं बनमानुसों का ही डेरा थी। मँझले राजा कृष्णकमल सिंह का एक हाथ ही कभी किसी शिकार-पार्टी में स्वयं अपनी ही राइफल से कुहनी से विलग हो गया था। रेशमी कुर्ते की बाँह से झूलता वह निर्जीव हाथ भी वह देख चुकी थी। चेहरा बहुत कुछ अपने छोटे भाई से मिलता था, वैसी ही बड़ी-बड़ी आँखें, वही रंग, ऊँची काठी, किन्तु एक ही बार उन कुटिल आँखों के चाबुक की मार उस पर पड़ी थी और वह काँप उठी थी। वह बालों को अँगुलियों से सुलझा रही थी कि उसने देखा उद्यान में लगे संगमरमरी फौवारे के पास खड़े कृष्णकमल सिंह उसे बड़ी निर्लज्जता से घूरे जा रहे हैं। अचकचाकर वह पीछे हटने ही को थी कि वह बड़ी कुटिल अन्तरंगता से मुसकराए! तब ही उसने, उस रेशमी कुरते से झूलती निर्जीव बाँह को देख लिया था। तो यही थे उस साँवली चुलबुली प्रौढ़ा के पति, मँझले राजा। दो भाइयों के चेहरे थे, किन्तु राजकमल सिंह की विनम्र सौम्यता के गाम्भीर्य और इस भाले की जहरीली नोंक-सी दृष्टि में कितना अन्तर था!

दूसरे ही दिन उसने रामपियारी से कहा था—''साहब से कहना, मैं उसी कमरे में रहूँगी, जहाँ पहली मिस साहब रहती थीं।''

''हाय दैया, दहल जइयो बिटिया, बड़ा मनहूस कमरा है...''

उस कमरे के चारों ओर सटे अनेक कमरों से घिरी रहने पर उस कुटिल व्यक्ति को देखने का भय तो नहीं रहेगा। शायद, उस एकान्त कमरे के बदनाम अतीत से उसके त्रस्त होने की संभावना ने ही रामपियारी के वात्सल्य को सहसा उकसा दिया—''चलो, हमहूँ इहाँ खटिया डार लेब बिटिया...'

''नहीं पियारी मैं नहीं डरती'', उसने हँसकर पियारी के उदार प्रस्ताव की अवमाना तो कर दी पर रात को जब दस ही बजे से खिड़की से सटे अश्वत्थ की घनी छालों से उल्लू की मनहूस आवाज आने लगी और सड़क के कुत्तों के समवेत स्वर के बीच किसी एक भयत्रस्त कुत्ते का 'हू हू' का विलाप स्वर, रात्रि की निस्तब्धता को भंग कर उठा तो वह बत्ती जलाकर बड़ी देर तक बैठी रही।

सिर के ऊपर पंखा चल रहा था, वही पंखा, जिससे एक वर्ष पूर्व केरल की मरियम की निर्जीव देह झूली होगी। फिर कब उसकी आँखें लग गईं, वह जान भी नहीं पाई। जब जगी तो देखा, काशी चाय की ट्रे लिये द्वार पर खड़ी है।

"यहीं रख दो काशी, रात बड़ी देर तक नींद नहीं आई, इसी से देर में आँखें खुलीं," उसने हँसकर कहा।

हाथ-मुँह धोकर कुमुद चाय पीने लगी, प्याली ओठों से लगाया ही था कि उसकी दृष्टि दीवार पर पड़ी। सुंदर अक्षरों में कमरे की पूर्व स्वामिनी ने क्या दीवार ही अपने हस्ताक्षरों के स्मृति-चिह्नों से भर दी थी? मरियम टी. जोजफ, मरियम, मरियम, मरियम। क्या यह नाम हर कोने से, उसके साहस को चुनौती देता रहेगा? देता रहे, उसे किसी का भय नहीं था, न निर्जीव बाँह का, न जहरबुझी दृष्टि के स्वामी शिवकमल सिंह का, न आँखों की ज्वाला से उसे दिन-रात दग्ध करती अबाध्य काशी का।

न अब उसे मरियम की अतृप्त आत्मा का भय था और न स्वयं अपनी उन्मादिनी अतृप्त गृहस्वामिनी का! अब जब कभी मालती अपनी अमानवीय पकड़ से उसका हाथ कसकर मसलने की चेष्टा करती, तब उसी जवाबी पकड़ से उसकी कलाई मरोड़ अपना हाथ उससे छुड़ाना वह सीख गई थी। वर्षों से उन्माद के अरण्य में भटककर जंगली बन गई उस शेरनी को उसने अपने मौन अनुशासन से जीत लिया था। कभी-कभी उसे लगता, मालती उससे डरने लगी है। वह कमरे में आती तो वह भय से पलंग के ही एक कोने में दुबककर बैठ जाती, काशी की अबाध्यता को भी उसने केवल अपनी कड़ी चितवन से पराजित कर लिया था, वह समझ गई थी कि उसकी अनावश्यक विनम्रता को ही उसकी दीनता समझ काशी उसे दबोच रही है। अब काशी अपनी अबाध्यता से उसके किसी आदेश की अवहेलना करती तो वह उसे किसी क्षण ले जाकर राजकमल सिंह के सामने खड़ा कर देती—"देखिए सर, यह काशी मेरा एक भी आदेश मानने को तैयार नहीं, यही नहीं, कभी बहुत बुरी तरह जवाब देने लगती है," और फिर गृहस्वामी को रोबीली उपस्थिति में थर-थर काँपती काशी पालतू बिल्ली-सी कुमुद के पीछे-पीछे लगी रहती। एक ही दिन अपना उग्र रूप दिखाकर मालती एकदम शांत हो गई थी। राजकमल सिंह को अपने किसी काम से बाहर जाना था : "मालती के कमरे में काशी सोएगी, रात को आपको वहाँ नहीं सोना होगा। फिर भी यदि कभी कोई ऐसी-वैसी बात हो जाए, तो आप मुझे इस नम्बर पर फोन कर सकती हैं", वह अपना फोन नम्बर भी उसे दे गए थे। किन्तु पति के जाते ही मालती पूर्ण स्वाभाविक अवस्था में लौट आई थी। खाने-पीने में भी उसके नित्य का पशुवत् आचरण बदल गया था। खाना आता तो वह पहले की भाँति थाली को छीन उस पर टूट नहीं पड़ती, बड़े ही सलीके से, आभिजात्यपूर्ण गरिमा में ओठ बन्दकर नन्हे निवाले तोड़ चुपचाप

आँखें झुकाए खाना खाती और स्वयं ही थाली हटा, हाथ-मुँह धोने, बेसिन तक चली जाती। सात-आठ दिनों से राजकमल सिंह को न देखकर भी किसी प्रकार की जिज्ञासा या कुतूहल की एक रेखा उन बड़ी-बड़ी आँखों में कुमुद नहीं ढूँढ़ पाई थी। कुमुद से उसकी बोलचाल अभी भी 'हाँ या ना' तक ही सीमित थी, वह भी केवल सिर के मूक संकेत से। बस, एक दिन जब वह उसे नींद की गोली खिलाकर अपने कमरे में ले जाने लगी; तब मालती के अलस कंठ-स्वर ने उसे रोक लिया था–

''सुनो?''

''जी!'' कुमुद पलटी।

''वह चली गई क्या?''

''कौन?''

''मरियम!''

कुमुद की समझ में नहीं आया कि उस अर्थहीन प्रश्न का वह क्या उत्तर दे। एक अज्ञात भय से वह मन-ही-मन सिहर भी उठी थी। यदि इस निभृत कमरे में जहाँ से उसकी चीख भी शायद नौकरों के सागरपेशे तक नहीं पहुँचेगी, मालती ने उसे दबोच लिया, तो वह अपने को कैसे छुड़ा पाएगी? आज तो वह भी नहीं हैं, जिन्होंने उसे उस दिन एक छलाँग लगाकर उन्मादिनी पत्नी से छुड़ा लिया था। अपने रक्तिम दाड़िम से अधरों पर नुकीली जिह्वा फेरती, वह कैसे उस दिन उसकी अँगुली के रक्त को चाट रही थी! यदि उसकी असहाय विवशता भाँप, वह नरभक्षिणी उस पर झपट पड़ी, तो वह क्या कर लेगी! किन्तु प्रश्न पूछनेवाली ने स्वयं ही उसकी उलझन दूर कर दी। दोनों घुटनों को अपनी चूड़ियों भरे हाथों के बन्धन में बाँध, झूला-सा झूलती मालती, ओठों ही ओठों में न जाने क्या बड़बड़ाने लगी थी।

कुमुद तेजी से सीढ़ियाँ उतर गई। अब रात दस बजे से सुबह सात तक की ड्यूटी काशी की थी।

किन्तु कमरे में आते ही वह अचानक फिर गहन नैराश्य में डूब गई।

क्यों उसने यह प्रश्न पूछा था? क्या कभी मरियम के किसी आचरण ने उसके विकृत मस्तिष्क को कभी आहत किया था? सुना था, मरियम साँवली होने पर भी बेहद आकर्षक थी।

''बड़ी कटीली आँखें रहीं!'' पियरी ने ही उसे बताया था, ''रही साँवर, मुला गजब की मुस्की छाँटत रही, नाक-नक्सा अइसन रहा कि का बताईं...''

क्या कभी उस गजब की मुसकान ने उस शिला-सी निष्प्राण गृहस्वामिनी का सुहाग छीनने की अनधिकार चेष्टा की थी?

दिन-प्रतिदिन गहन रहस्य के दलदल में कुमुद विवशता से धँसती चली जा रही थी। कभी आधी रात को दबे स्वरों की फुसफुसाहट सुन जगकर खिड़की पर खड़ी होती, तो देखती जीप में भरे हाथों में बन्दूक लिये दीर्घदेही रहस्यमय अतिथि उतरकर बड़े राजा की सीढ़ियों पर चढ़ रहे हैं—तब क्या यही वह कुख्यात दस्युदल था, जिसकी ओर उस दिन राजकमल सिंह ने संकेत कर उसे चेतावनी दी थी। एक दिन उसने और भी भयानक दृश्य देखा था। मदालस स्वर में किसी को गाना गाते सुन वह बिना बत्ती जलाए ही खिड़की पर खड़ी हो गई। कार का दरवाजा खुला और शराब के नशे में धुत मँझले राजा को तीन-चार नौकरों ने पकड़कर उतारा, उनकी ऐसी अवस्था कि पैर भी सीधे नहीं पड़ रहे थे—''अबे स्साले, ठीक से नहीं पकड़ पा रहा है क्या? ठीक से पकड़ो...'' फिर एक झटके से नौकरों की पकड़ से अपने को छुड़ा, उन्होंने स्वयं चलने की चेष्टा की और धड़ाम से वहीं गिर गए। फिर आरंभ हुआ रोना—सिसकियाँ ले-लेकर वह विलाप करने लगे—''भैया, कहाँ हो तुम? देखो न हरामखोर पेशेदारों ने मुझे कैसे गिरा दिया है। भैया, भैया हो...'' नौकरों ने ही उन्हें सहारा देकर उठाया और वह फिर अपनी चोट भूल बड़ी मस्ती से गाने लगे—

पत राखो न राखो तोहार मरजी—ए तोहार मरजी...

ऐसे वातावरण से बाहर निकलने को कुमुद छटपटा रही थी, किन्तु उसकी विवशता, उसके भाग निकलने के उत्साह को उसी क्षण उड़ा देती। यहाँ आने से वह सुखी हो न हो, उसका परिवार निश्चय ही सुखी था, माँ के प्रत्येक पत्र में उसके लिए कृतज्ञ आशीर्वादों के साथ, बार-बार यही उल्लेख रहता कि उसके वहाँ जाने से उसके परिवार की आर्थिक दशा बाबूजी के जीवनकाल की दशा से भी अधिक संतोषजनक हो गई है—

''तूने मुझे जो सुख दिया है कुमु, वह सुख तेरे बाबूजी भी मुझे कभी नहीं दे पाए, उनके पास इतनी रकम रहती ही कब थी? फिर एक न एक रिश्तेदार, हमेशा हमारा गल-ग्रह बना रहा। दुख यही होता है कि आज जब तेरी कमाई ने सब सुख-साधन हमारे करतल पर रख दिए हैं तब भोगने को तेरे बाबूजी नहीं हैं...''

कुमुद जानती थी कि मन-ही-मन अम्मा सब सुख होने पर भी किस दुख

में घुली जा रही हैं। उमा का निर्वासन उन्हें एकदम ही तोड़कर रख गया था। जब से आई, वह चार-पाँच दिन की छुट्टी लेकर, एक ही बार घर जा पाई थी। माँ की अवस्था देख फिर वह रातभर नहीं सो पाई थी। ऐसी हालत तो उनकी बाबूजी की मृत्यु के बाद भी नहीं हुई थी! आँखों के नीचे गहरे गड्ढों की कालिमा, उदास श्रीहीन चेहरे पर एक भयत्रस्त स्थायी आतंक उतरकर झुर्रियों में घुलमिल गया था—"तुम क्या बीमार थीं अम्मा? मुझे क्यों नहीं लिखा?" उसने पूछा और स्नेहविगलित प्रश्न के साथ-साथ उसकी आँखें छलक गई थीं।

"दुर पगली, बीमार क्यों होने लगी मैं! कभी-कभी सोचती हूँ, क्या पाप किए थे मैंने, जो आज तीन-तीन बच्चों के रहते भी अकेली हूँ। उमा को तीन-चार चिट्ठियाँ लिख चुकी हूँ, एक का भी जवाब नहीं आया। पता नहीं लड़की बीमार है या मुझसे रूठी है। लालू कुछ लड़कों के साथ किसी होटल में गाना गाने दिल्ली गया था, वहीं से एक कार्ड आया है कि किसी मित्र के साथ काठमांडू जा रहा है।"

"तुम उसे ऐसे इधर-उधर क्यों जाने देती हो अम्मा!" कुमुद ने कठोर स्वर में माँ को डपट दिया था—"तुम इतनी सीधी हो कि वह जब चाहे, जैसे चाहे, तुम्हें समझा-बुझाकर, अपनी मनमानी कर लेता है। जानती हो नेपाल उस जैसे गंजेड़ी-चरसियों का स्वर्ग है? सुना है दाढ़ी-वाढ़ी भी रख ली है..."

कैसा कार्तिकेय का-सा चेहरा था कुमु, अब तू देखेगी तो पहचान भी नहीं पाएगी! औघड़ बना फिरता है, कंधे तक बाल बढ़ा लिये हैं, फकीरों की-सी दाढ़ी रख ली है, महीनों तक नहीं नहाता, आँखें दिन-रात कपाल पर चढ़ी रहती हैं। मैंने ही दस मास तक गरभ में रखा, पर जब कभी आधी रात को झूमता-झामता घर आता है, तब मैं माँ होकर भी उसे देख सहम जाती हूँ—न अब उसे हमारी ममता है, न मोह!" कुमुद की बगल में लेटी अम्मा फिर निःशब्द रोने लगी थी। अँधेरे कमरे में माँ-बेटी न जाने कब तक चुपचाप पड़ी रहीं। कुमुद को लगा वह घर से दूर जाकर केवल प्रचुर धनराशि भेजकर ही कर्तव्यभार से मुक्त नहीं हो सकती, जब वह हवेली में राजसी भोजन का आनन्द ले रही थी, तब शायद इस अँधेरे कमरे में, अकेली भूखी पड़ी अम्मा अकर्मण्य पुत्र की प्रतीक्षा में आधी-आधी रात तक अनिद्र करवटें बदल रही होंगी। उमा का हृदयहीन निर्वासन भी तो उसी ने किया था।

"कुमुद, सो गई बेटी?"

अचकचाकर कुमुद ने आँखें पोंछ लीं, किन्तु माता-पुत्री की भीगी पलकों की करुण आर्द्रता एक-दूसरे का कपोल स्पर्श कर चुकी थीं—

"नहीं अम्मा, जग रही हूँ।"

"कुमु बेटी, तू अब वहाँ की नौकरी छोड़कर फिर लखनऊ लौट आ, मुझसे अब कुछ नहीं सँभलता। मुझे लगता है गौरी को उमा वाली बात कहीं से पता लग गई है, न जाने कैसी-कैसी बातें पूछती रहती है। तू तो जानती ही है बेटी, मैं कभी झूठ नहीं बोल पाती।"

"तो क्या, तुमने गौरी चाची को सब कुछ बता दिया है, अम्मा?" कुमुद घबराकर पलंग पर बैठ गई थी।

"नहीं बेटी, पर पता नहीं कब अनजाने में मुँह से कुछ निकल जाए। फिर गौरी को तू जानती है, उसके पेट में पानी भी नहीं पचता। कहीं बिरादरी को भनक भी लग गई तो हमारा सब करा-कराया मिट्टी में मिल जाएगा—इसी से तू अब जल्दी घर चली आ और सब कुछ वहीं से निबटा दे..."

"कहाँ से क्या निबटा दूँ।"

"क्यों, उमा की शादी और कौन निबटाएगा—तेरे मामा से अकेले क्या हो पाएगा—उन्होंने उमा के लिए लड़का देख लिया है..."

"लड़का देख लिया है और तुमने मुझे कभी कुछ लिखा भी नहीं..." कुमुद का आहत स्वर सुन, माँ ने अँधेरे में ही टटोलकर उसका हाथ कसकर दबा लिया था—"परसों ही तो चिट्ठी आई है, अभी बात पक्की नहीं की, पर लगभग पक्की ही है।"

"लड़का क्या करता है?"

"रेलवे में मालबाबू है, उमा को उसी ने देखकर पसन्द किया है, बस बात पक्की करने के लिए तेरी ही हाँ के लिए रुकी थी कुमु..."

"मेरी ही हाँ के लिए क्यों रुकी थी अम्मा? शादी क्या मेरी हो रही है!" बड़ी पुत्री की करुण उक्ति ने, जैसे माँ के कलेजे में भाला चुभो दिया, उसे लगा, बड़ी पुत्री के कौमार्य को बड़ी उदासी से लाँघ, वह छोटी के विवाह की योजना, बड़े उत्साह से बनाने लगी थी, यह उसका अन्याय नहीं तो और क्या था! कुमुद का खिन्न होना स्वाभाविक ही तो था—

"मेरा भगवान् ही जानता है बेटी, तेरे विवाह से पहले उमा को निबटाने की बात करने लगती हूँ तो जी में आता है जीभ काटकर दूर फेंक दूँ। पर

तेरी ओर से मैं निश्चिन्त हूँ—मैं जानती हूँ तू कभी कोई ऐसा काम नहीं करेगी, जिससे हमारे कुल पर आँच आए...''

क्या अम्मा जानती थी कि उसे आदर्श की उस सर्वोच्च बेदी पर बिठाकर बचपन से ही उसके साथ कैसा अन्याय किया गया है? उमा जो भी कर ले, हमेशा ही उसके सौ खून माफ रहे। बार-बार यही सुनती थी—कुमुद ऐसा कभी नहीं करेगी—कुमुद को तो कपड़ों की भी कोई चिन्ता नहीं रहती, उमा ही थी जो सदा हवा से लड़ती थी, मजाल है उसकी थाली में कद्दू-लौकी या मूली की सब्जी अम्मा परस तो दे—कुमुद भी इन सब्जियों को देखते ही भड़क उठती थी, किन्तु उसकी अनिच्छा, कभी अधरों तक नहीं आती। बचपन से ही सुनती आई थी कि वह तो गऊ है, थाली में गोबर का लौंदा भी रख दो तो खा लेगी। धीरे-धीरे उसकी निरंतर दबाई गई तृष्णा अब विद्रोह का रूप लेने लगी थी। क्या जीवन-भर उसे दूसरे ही के लिए जीना होगा? उमा, लालू के प्रत्येक अन्याय को चुपचाप सहना होगा? कभी-कभी अपने समाज के बहुरूपी ढोंग की धज्जियाँ उड़ाने को वह विह्वल हो उठती, एक ओर पुरानी जीर्ण मान्यताओं को छाती से लगाकर जीने की व्यर्थ चेष्टा, दूसरी ओर लुक-छिपकर उन्हीं मान्यताओं को रौंदने की ललक! एक वर्ष पूर्व, एक सम्भ्रान्त कायस्थ परिवार से उमा के रिश्ते के लिए सन्देश लेकर उसके पिता के एक मित्र अम्मा के पास आए थे—''तुम्हारी लड़की को उन्होंने कालेज के किसी जलसे में देखा है—उनका लड़का विदेश में है, अच्छी नौकरी है, वहीं ग्रीन कार्ड ले लिया है, अपना फ्लैट है, एक ही पुत्र है, चाहती हैं चुपचाप विवाह कर उमा को पुत्र के साथ विदेश भेज दें।''

प्रस्ताव सुनकर अम्मा ऐसी तिलमिला गई थी, जैसे जलते-दहकते अंगारों पर पैर पड़ गया हो—

''उनकी हिम्मत कैसे हुई जी! और फिर क्या आप नहीं जानते, हम कहाँ के जोशी हैं! दीवान कुल की बेटी को ब्याह कर क्या कथौड़े ले जाएँगे, लला! कह देना ऐसे जात-बेजात में लड़की देने से, उसे गले में पत्थर बाँधकर गोमती में डुबो दूँगी...'' किन्तु गले में पत्थर बाँधकर माँ को ही डुबो गई थी उमा।

और आज उमा के लिए अम्मा को मिला है मालगोदाम का बाबू!

छि-छि और कोई नहीं मिला क्या अम्मा को। वही उमा जो हमेशा बड़े गर्व से कहा करती थी, ''देख लेना दीदी, या किसी इंजीनियर से शादी करूँगी

या किसी आई.ए.एस. से। तुमसे चौगुनी साड़ियाँ खरीदकर न दिखा दूँ तो नाम बदल देना मेरा!''

उस दिन किस बेरहमी से मारा था उसने उमा को। बेचारी आधी रात तक सिसकती रही थी। तब से फिर उसे देखा ही कहाँ था। बिछुड़ी निर्वासिता छोटी बहन की स्मृति ने कुमुद का कलेजा सहसा मरोड़ दिया। रात को अम्मा कभी कहीं सत्संग में चली जाती और लौटने में देर होती, तब उमा भागकर उससे लिपटकर सो जाती थी–''थोड़ी जगह दो दीदी, उधर खिसको, हमें उस कमरे में अकेले डर लगता है।'' रात कभी गुसलखाने भी अकेली जाने का साहस नहीं होता था, वह इतना बड़ा दुस्साहस कैसे कर गई?

''अम्मा, अभी मैं नहीं रुक सकती, न मेरा ऐसे नौकरी छोड़ना ही उचित होगा। तुम देख रही हो, इन छह महीनों में मैं तुम्हें जितना भेज सकी हूँ, उसका एक-तिहाई भी शायद यहाँ की नौकरी में नहीं बचा पाती। फिर उतने भले लोग हैं, जब चाहूँ घर आ सकती हूँ, वहाँ भी जैसे चाहूँ रह सकती हूँ–मुझे इतना सुख पहले कभी नहीं मिला अम्मा...''

ठीक ही तो कह रही थी बेचारी, जब बाप थे तब भी दरिद्रता की मनहूस छाया इन बच्चों पर मँडराती रही, अच्छा खाने-पीने, अच्छा ओढ़ने-पहनने को तरसते ही रहे, बाप का साया उठा तो दोनों अनाथ भाई-बहन का बाप बनना पड़ा। अपना कौन-सा सुख किया बेचारी ने–जब कभी इधर-उधर से पैसा मिलता, कहीं उमा के लिए साड़ी खरीद लाती, कहीं लालू के लिए पैंट का कपड़ा ले आती और कभी माँ के लिए साड़ी।–एक दीर्घ श्वास लेकर वह चुपचाप पड़ी रही, फिर एक भी शब्द अपनी उस सर्वस्वत्यागिनी पुत्री से वह नहीं कर पाई।

कुमुद के आने का समाचार पाते ही गौरी चाची भागकर आ गई थीं–''क्यों री कुमुद, अपनी नौकरी में तू हम सबको भूल गई? अपनी अम्मा को देखने आ जाया कर–बेचारी अकेली पड़ी रहती है–तू नहीं आ सकती तो उमा ही को बुला ले...''

फिर एक ही साँस में उन्होंने सैकड़ों प्रश्न पूछ डाले थे–''क्या नौकरी है उसकी? क्या-क्या करना पड़ता है? अच्छा राजा साहब हैं–तब तो तेरी खूब मौज होगी री! खूब बढ़िया-बढ़िया माल मिलता होगा खाने को, पर कन्धे की हड्डियाँ तो तेरी अब भी वैसी ही निकली हैं–क्या उम्र होगी राजा साहब की?'' गौरी चाची की कुटिल आँखों में प्रश्न की रहस्यमय कुटिलता

रह-रहकर जुगनू-सी चमकने लगी थी।

कुमुद चलने लगी तो अम्मा ने धीमे स्वर में कहा–"कुमुद वसन्तपंचमी को शायद लड़के वाले टीका करने आएँगे फिर तो हमें भी द्वारना पड़ेगा–कुछ रुपयों की प्रबन्ध करना होगा..."

"तुम चिन्ता मत करो अम्मा, मैं तुम्हें जाते ही अगले महीने की तनख्वाह एडवांस लेकर भेज दूँगी, हो सका तो राजकमल सिंहजी से कुछ और रुपया लेकर भेज दूँगी।"

उसने जाते ही माँ को रुपये भेज दिए थे। बड़े संकोच के साथ, एक दिन डरते-डरते उसने उमा के विवाह का प्रसंग छेड़ राजकमल सिंह से कुछ रुपयों की याचना की थी–"मेरी छोटी बहन की शादी है, आप यदि कृपा कर कुछ रुपये मेरे वेतन से दे सकें सर, मैं सब चुकता कर दूँगी, एक-दो महीने में ही मेरे पिता के बीमे का रुपया शायद मिल जाएगा..."

"आपने मुझसे आज तक क्यों नहीं कहा मिस जोशी, बताइए, कितने का चेक लिख दूँ!"

मूर्ख कुमुद गूँगी बनी चुपचाप खड़ी ही रह गई थी। स्वयं उन्हीं ने अपनी चेकबुक निकाल पाँच हजार का चेक लिख दिया था–"आप इसे रखिए और रुपयों की जरूरत हो तो निस्संकोच मुझसे कहिए।"

"धन्यवाद सर, मैं आपका यह एहसान जीवनभर नहीं भूलूँगी।" उसका कंठ कृतज्ञता के गह्वर से सहसा अवरुद्ध हो गया था।

राजकमल सिंह ने शायद उन निरीह आँखों की छलछलाई कृतज्ञता को उड़ाने के लिए ही फिर एक ऐसा प्रश्न पूछ दिया था, जिसके लिए वह प्रस्तुत नहीं थी–

"पर एक बात बताइए मिस जोशी, आपकी शादी से पहले ही छोटी बहन की शादी हो रही है, क्या आपके यहाँ ऐसा ही होता है?" हाथ के सिगार की राख झाड़ते राजकमल सिंह बड़ी विनोदपूर्ण दुष्टता से मुसकरा रहे हैं, यह कुमुद ने देख लिया था। उसका पूरा चेहरा अबीरी हो गया :

"जी, ऐसा नहीं होता," वह घबराहट में बिना कुछ सोचे-समझे कह गई और अपने मूर्ख उत्तर की व्यर्थता, उसके चेहरे को और गहरे रंग में रंग गई।

"तब?"

"जी, मेरे परिवार का भार मुझ पर है, अभी छोटा भाई भी पढ़ रहा है..."

''ओह समझा, अपने इन सब कर्त्तव्यों से मुक्त होने पर ही आपका विवाह होगा–क्यों? मेरा स्वार्थ तो हमेशा यही मनाएगा मिस जोशी, कि आप कभी कर्तव्य से मुक्त न हो...''

यदि इतना कहकर राजकमल सिंह हो-होकर न हँसते तो शायद कुमुद सशंकित न होती। किन्तु एक अज्ञात भय की सुरसुरी उसकी रीढ़ को कँपा गई थी।

कैसा स्वार्थ? आजीवन उनकी उन्मादिनी पत्नी की वह दासी ही बनी रहे, यही स्वार्थ था उनका या और कुछ? एक पल को ही उसकी दृष्टि उन आयत आँखों से टकराई थी, और उस तृषार्त्त चावनी में क्या उस रहस्यमय व्यक्ति का स्वार्थ मात्र ही दिखा था उसे?

'तुम बहुत शक्की हो दीदी, किसी के बारे में कुछ अच्छी बात सोच ही नहीं सकती...' शायद ठीक ही कहती थी उमा–जिस उदार व्यक्ति ने उससे बिना कुछ पूछे ही पाँच हजार का चेक लिख दिया था, उसी पर वह सन्देह कर रही थी। छिः छिः–यह ओछी बात उसके दिमाग में आई ही कैसे! अपने अन्तर्मन की शंका को नकार कर भी, उसने अपने व्यापार को पूर्वाचित संयम में ही बाँधकर रखा था। जब से मालती ने उससे वह विचित्र प्रश्न पूछा था, तब से वह स्वयं सशंकित हो सचेत हो गई थी। वह समझ गई थी कि घोर उन्माद के बीच भी मालती का हृदय कभी भी नारीसुलभ ईर्ष्या-द्वेष से सुलग सकता है। उसका विश्वास प्राप्त करने के लिए उसे उसके पति से सदा गजभर की दूरी ही बरतनी होगी। किन्तु अपने संकल्प पर वह दृढ़ रहती भी कैसे! राजकमल सिंह पन्द्रह दिन बाद तेज बुखार लेकर लौटे तो चाँदी की मूठ की छड़ी का सहारा लेकर, एक क्षण को खड़े ही रह गए, लग रहा था एक-एक कदम रखने में भी उन्हें भीषण कष्ट हो रहा है। चुनी हुई शान्तिपुरी धोती के ऊपर रेशमी कुर्ता भी मुड़ा-तुड़ा लग रहा था, आज तक कुमुद ने गृहस्वामी को कभी अपनी वेशभूषा के प्रति ऐसा उदासीन नहीं देखा था। पन्द्रह ही दिन में शरीर शीर्ण हो गया था, चेहरा भी ईषत् धूसर पड़ गया था। सुना जब से गए, तब से ही बुखार चढ़ा था और उतरने का नाम नहीं ले रहा था। तीन-तीन डाक्टर आकर देख गए थे और तीनों ने ही सन्निपात ज्वर की पुष्टि की थी। किन्तु राजकमल सिंह का स्वास्थ्य उनके प्रौढ़ होने पर भी पूर्ण वयस्क युवक का स्वास्थ्य था, इसी से दुश्चिन्ता का कोई कारण नहीं है, ऐसा ही कहकर तीनों दवा लिखकर चले गए थे। चलते-चलते डॉक्टर

चक्रवर्ती ने राय दी थी कि वह किसी नर्स को देखभाल के लिए अवश्य नियुक्त करें, इस ज्वर में परिचर्या ही रोग की एकमात्र औषधि है। कुमुद ने स्वेच्छा से पत्नी के साथ-साथ पति का सेवाभार भी सहर्ष ग्रहण कर लिया। उन्हें समय से औषधि देना, टेम्परेचर-चार्ट भरना, अपने हाथ से सूप बना उन्हें पिलाना, उनके बिस्तर पर पड़े रहने पर भी अपूर्व कौशल से चादर बदलना, सब वह ऐसी कुशलता से निःशब्द करती जा रही थी कि एक दिन डाक्टर चक्रवर्ती भी प्रसन्न होकर बोले—"क्यों मिस जोशी, किसी अस्पताल में नर्स रही हैं क्या?"

"जी नहीं," वह बिना कुछ कहे फिर खाली गिलास लेकर बाहर चली आई थी।

एक दिन वह रोगी के कमरे में गई तो देखा तीन तकियों का सहारा लिये राजकमल सिंह अधलेटे डाक्टर चक्रवर्ती के साथ अपने रोग की आलोचना कर रहे हैं, बीच-बीच में हास-परिहास भी चल रहा है। लगता था, बुखार उतर गया है। दोनों आँखें उज्ज्वल लग रही थीं, पर चेहरा अभी भी सामान्य रूप से पांडुवर्णी ही लग रहा था–

''डाक्टर साहब, आप यदि अनुमति दें तो एक निवेदन करना चाहूँगा,'' राजकमल सिंह ने दोनों तकिए हटा दिए और कुछ क्षण आँखें बंद कर चुपचाप लेटे रहे।

''कहिए-कहिए, कुछ खाने को मन कर रहा है क्या?'' डाक्टर साहब रोगी की प्रगति से अत्यन्त प्रसन्न लग रहे थे–

''नहीं, लग रहा है फिर बुखार चढ़ रहा है, सिर में फिर वही असह्य दर्द होने लगा है...आप यदि एक बार किसी तरह कविराज गोस्वामीजी को लाकर मेरी रोग-परीक्षा करवा दें...सुना है, वह अब कहीं जाते नहीं, पर शायद पिताजी का नाम स्मरण होगा तो आ जाएँगे।''

''स्मरण कैसे नहीं होगा? आपके पिता के दिए मकान में ही तो अब भी रहते हैं गोस्वामीजी, पर एक बार फिर सोच लीजिए, वह आते ही हमारी सब दवा बन्द कर देंगे–यह क्या उचित होगा, मिस जोशी जरा बुखार नापिए तो...''

बुखार फिर तेज हो गया था, कविराज को बुलाने का अर्थ होगा, स्वयं अपनी चिकित्सा की पराजय स्वीकार कर लेना, किन्तु राजकमल सिंह केवल धनी व्यक्ति ही नहीं थे, उनके ख्यातिवान श्रद्धेय मित्र भी थे, इसी से अपना स्वार्थ ताक पर रख डाक्टर चक्रवर्ती स्वयं कविराज गोस्वामी को लेने चले गए।

कविराज केवल चिकित्सक ही नहीं थे, कहा जाता था कि वह परम सिद्ध

भक्त भी हैं, स्पर्श मात्र से ही व्याधि दूर करने में समर्थ। चिकित्सा उनके लिए अर्थकारी वृत्ति कभी नहीं रही। उनके पिता भी वैद्य थे, वैद्यक व्यवसाय उनके परिवार में कुलक्रमागत चला आ रहा था। कभी उन्होंने राजा राजकमल सिंह के पिता के असाध्य रोग की चिकित्सा कर उन्हें स्वस्थ बनाया था। इसी से उन्होंने अपनी कृतज्ञता ज्ञापन करने अपनी ही हवेली के पास उनके लिए एक सुदर्शन भवन बनवा दिया था—"आप जैसे अष्टांग आयुर्वेद में निपुण मृत्युंजय चिकित्सक मेरे प्रतिवेशी बनें, इससे बड़ा सौभाग्य हमारा और क्या हो सकता है?" उन्होंने कहा था एवं मृत्युपर्यन्त वार्द्धक्य से अशक्त होने पर भी नित्य स्नान कर उनके चरण छूने के बाद ही अपनी दिनचर्या आरम्भ करते थे। मृत्युपूर्व अपने तीनों पुत्रों को बुलाकर राजा रामवदन सिंह ने उनसे कहा था—"ध्यान रखना कि गुरुवर को कभी कष्ट न हो, उनके मकान का, भूमि का सब टैक्स तुम देते रहोगे। तुम्हारी ही जमींदारी से उनके सब टैक्स अदा किए जाएँगे।"

उनका सर्वाधिक स्नेह कनिष्ठ पुत्र पर ही था, इसी से उन्हें एक बार फिर एकांत में बुलाकर उन्होंने कहा था—"बेटा, तुम्हारे दोनों भाई जो भी करें, तुम पंडितजी का ध्यान रखना—वैद्य का, वह भी कुशल वैद्य का प्रतिवेशी बनना बड़े भाग्य से मिलता है। बराहमिहिर ने भी राजभवन के पास वैद्य, पुरोहित तथा दैवज्ञ के निवास-स्थान का विधान किया है।"

कविराज आए और रोगी की नाड़ी थामकर दीर्घ समय तक आँखें मूँदे, अस्फुट स्वर में न जाने क्या बोलते रहे। दोनों चक्षु मुँदित थे, किन्तु अधर निरन्तर जैसे किसी नामजप में हिल रहे थे। उधर रोगी तीव्र ज्वर की मनहूस तन्द्रा में पूर्ण रूप से डूब चुका था, कुमुद को यह देखकर आश्चर्य हो रहा था कि जो राजकमल सिंह एक ही घंटा पूर्व स्वयं बड़ी दीनता से डाक्टर चक्रवर्ती से कविराज को बुलाने का आग्रह कर रहे थे, उन्होंने एक बार भी आँखें खोलकर नहीं देखा कि किसने आकर उनकी नाड़ी थामी है! केवल एक क्षण को व्यथित अस्फुट स्वर में उन्होंने कुछ कहा—

"राजकमल, आँखें खोलो!" कैसा गम्भीर-मांसल कंठ स्वर था कविराज का! लग रहा था, कंठ-स्वर मात्र ही, कठिन-से-कठिन व्याधि को भी लाठी लेकर दूर खदेड़ने में समर्थ है।

किन्तु राजकमल पूर्ववत् निश्चेष्ट पड़े रहे। एक दीर्घश्वास लेकर कविराज उठे, अपनी तेजस्वी दृष्टि से उन्होंने एक बार कमरे के चारों ओर देखकर

सिरहाने खड़ी कुमुद से कहा—"सुनिए, रोगी की शैया का सिरहाना पश्चिम की ओर है, इसे बदलकर इधर कर दीजिए," और फिर अपनी नग्न गौर पीठ से अंग-वस्त्र खींचकर उन्होंने छाती भी ढक ली, पैर के खड़ाऊँ की खट-खट, धीरे-धीरे कमरे से दूर होती गई, पर कुमुद ने देखा, कविराज डाक्टर चक्रवर्ती से बरामदे में खड़े होकर कुछ मन्त्रणा कर रहे हैं। यह भी कैसे चिकित्सक थे कि न औषधि लिखी, न कुछ पूछा, नाड़ी थामी और कह गए सिरहाना पश्चिम से पूर्वाभिमुख कर दो। क्या इसी से विषम रोग दूर हो जाएगा? फिर धीरे-धीरे वह खिड़की से सटकर खड़ी हो गई थी।

कविराज की गम्भीर मुखमुद्रा देखते ही वह सहम गई—क्या इस विलक्षण अल्पभाषी चिकित्सक ने विषम ज्वर की घातक संभावना नाड़ी पकड़ते ही पकड़ ली थी?

"देखिए डॉक्टर साहब, है तो सन्निपात ही, इसमें दो राय हो नहीं सकती—रोगी अभी अचेतावस्था में है, जब तक यह न जान लूँ कि रोग किस आहार-विहार से कुपित हुआ है, मैं उसके अनुकूल चिकित्सा आरम्भ नहीं कर सकता—मैं रोग-परीक्षा में शब्द और आकृति पर भी विशेष ध्यान देता हूँ—शब्द सुनने का प्रश्न ही नहीं उठता, रोगी अचेत है और आकृति...", वह एक क्षण को गम्भीर होकर चुप हो गए।

"आज तो चेहरे में बहुत फर्क है कविराजजी!" डाक्टर चक्रवर्ती ने बड़े उत्साह से कहा।

"नहीं रोगी की आकृति से मैं सन्तुष्ट नहीं हूँ। फिर आप ऐलोपैथी के डाक्टरों को शायद इस युग में यह सब हास्यास्पद लगेगा, किन्तु हम रोगों के साथ नक्षत्रों को भी घनिष्ठ रूप से जुड़ा मानते हैं। आपसे इन्होंने कहा है कि ज्वर बीस दिन पूर्व रविवार को चढ़ा था न?"

"जी हाँ, बता रहे थे, सुबह से ही शरीर टूट रहा था, दिन भर हाईकोर्ट में रहना पड़ा, सन्ध्या को लौटे तो बुखार था।"

"डाक्टर चक्रवर्ती, हमारे शास्त्र में कहा गया है कि आधान, जन्म, निधन, प्रखर और विपतकर नक्षत्र में जो व्याधि उत्पन्न होती है, वह कष्टकर या मृत्युकर होती है—एक तो रविवार उस पर मूल नक्षत्र"

"पर कविराजजी, बुखार तो अभी तेज हुआ, सुबह एकदम उतर गया था—चार्ट दिखाऊँ—मिस जोशी, चार्ट लाइए जरा।"

देवोपम स्मित से सहसा कविराज का चेहरा उद्भासित हो उठा—"हम

चार्ट नहीं देखते डाक्टर—हम केवल नाड़ी और नक्षत्र देखते हैं—मेरा आपसे अनुरोध है, आप चिकित्सा कर रहे हैं, आप ही करते रहें...''

''किन्तु स्वयं राजकमल सिंह जी चाहते हैं कि आप ही उन्हें देखें...''

''देख तो लिया भाई, इसी से कह रहा हूँ, आप चिकित्सा करें, मैं नाम-जाप करूँगा।''

खिड़की पर खड़ी कुमुद अपने गृह की ओर जा रहे कविराज को देर तक देखती रही, सूर्य की प्रखर किरणों में उनका खल्वाट दर्पण-सा चमक रहा था। कैसा अद्‌भुत व्यक्तित्व था उनका, देखकर ही श्रद्धा होती थी, किन्तु ऐसे देवतुल्य व्यक्ति ने इतने सहजभाव से, रोग से पराजय कैसे स्वीकार कर ली?

डाक्टर चक्रवर्ती ने हार नहीं मानी, परामर्श के लिए उन्होंने लखनऊ से भी दो डाक्टरों को बुलवा लिया था, उन सबके सम्मिलित प्रयास से बाईसवें दिन राजकमल सिंह का बुखार एक बार फिर उतर गया। स्वस्थ, सबल देह एकदम ही मुरझा गई थी, कभी-कभी तन्द्रिल आँखों को बड़ी चेष्टा से खोलते और दिन-रात सिरहाने बैठी कुमुद को देख एक दीर्घश्वास लेकर मुँह फेर लेते। क्या उन्हें अपने रोग की असाध्यता ही ऐसा उदासीन बना रही थी? सारा दिन बुखार धीमा रहा, सन्ध्या होते वह फिर असह्य सिर-दर्द से छटपटाने लगे।

''बहुत दर्द है, सर? डाक्टर चक्रवर्ती को बुला लूँ?'' कुमुद उनकी छटपटाहट देख बेहद घबरा गई थी। कभी वह उठने की चेष्टा करते, कभी दुर्बल हाथों को छाती पर धरते और कभी बेचैन करवटें बदल कराहने लगते। कुमुद डाक्टर को फोन करने उठ ही रही थी कि लाल-लाल आँखें खोल उन्होंने तीव्र ज्वर से तप्त हाथ से कुमद के दोनों हाथ पकड़ लिए—''अब तुम कहीं मत जाना, मुझे छोड़कर मत जाना, बड़े भैया मुझे मार डालेंगे, मँझले भैया ने मेरे पीछे गुंडे लगा दिए हैं। देखो-देखो वहाँ छिपकर ताक लगाए बैठे हैं, वह देखो तेल में भीगी लाठियाँ कैसी चमक रही हैं—उनसे कह दो मालती, पिछवाड़े के चारों खेत ले लें, मुझे छोड़ दें—सुन रही हो मालती?''

कुमुद कहना चाह रही थी—मैं मालती नहीं हूँ सर, कुमुद हूँ—पर उसके दोनों हाथ पकड़ दुर्बल राजकमल सिंह ने सहसा उसे छाती पर खींच लिया—

''नहीं, मैं अब तुम्हें कहीं नहीं जाने दूँगा—तुम यहीं रहोगी—यहीं...''

कुमुद का अयत्न से बँधा ढीला जूड़ा खुलकर उसके तप्त देह पर कृष्णवर्णी मेघखंड-सा बिखर गया। भय से ठंडे पड़ गए उसके कपोलों पर, सहसा

राजकमल सिंह ने अपनी गर्म हथेली रख दी तो उसे लगा, किसी ने दहकता अंगारा रख दिया है—वह स्वयं एक पल को चेतना खो बैठी—एकाएक किसी को न देख पाने पर भी उसे लगा, कमरे में कोई है, अपने को बड़ी चेष्टा से उस कठोर तप्त बाहुपाश से छुड़ा, वह खुली केशराशि को जूड़े से लपेट रही थी कि उसने देखा द्वार पर मालती उसे आग्नेय दृष्टि से ऐसे देख रही है, जैसे पलक झपकते ही उसे भस्म कर देगी।

वह उसे समझाने लगी—"देखिए ना, बुखार की तेजी में यह मुझे आप समझ बैठे...आइए यहाँ आकर बैठिए, तब से मालती-मालती कर रहे हैं..." अचानक उसकी मुसकान उसके होंठों पर ही सूख गई, जिसे वह समझा रही थी, वह क्या समझने की स्थिति में थी? तब ही उसने देखा, कमरे में मालती ही अकेली नहीं खड़ी है, एक कोने में खड़ी काशी की कुटिल आँखें न जाने किसी भावी योजना के रंग-रस का जाल बुनने लगी थीं—

"आइए, यहाँ बैठिए!" बड़ी संयत शालीनता से कुमुद ने कुर्सी खींचकर सिरहाने रख दी। राजकमल सिंह को कुमुद का यही आह्वान, एक क्षण के लिए चैतन्य बना गया—"कौन? मालती...?" द्वार पर खड़ी पत्नी को अर्द्धचैतन्यावस्था में भी उन्होंने पहचान लिया था, क्षीण स्वर में अनन्त दुलार छलक आया। उन्होंने फिर उसे पुकारा—"आओ मालती! तुम तो मुझे देखने एक बार भी नहीं आई..."

पर मालती भीतर नहीं आई। थोड़ी देर तक देहरी पर ही खड़ी-खड़ी पति के श्रीहीन चेहरे को देखती रही, फिर पवन के वेग से मुड़कर अपने कमरे में चली गई। उसके पीछे-पीछे काशी भी गई और जाने से पहले एक बार फिर अपनी व्यंग्यात्मक वीभत्स मुद्रा से कुमुद को बींध वह द्वार के दोनों पट जोर से बन्द कर गई।

कुमुद की आँखों में विवशता के आँसू छलक आए। जीवन में ऐसी असहाय स्थिति का वह पहली बार अनुभव कर रही थी। जिस दिन अभागिन उमा के आचरण ने उसे समाज में मुँह दिखाने योग्य भी नहीं रखा था, उस दिन भी उसने नियति से हार नहीं मानी थी। किन्तु आज यह क्या कर बैठे राजकमल सिंह? उन्मादिनी मालती की उसे चिन्ता नहीं थी, उसने जो कुछ देखा, उसकी व्याख्या उसका विकृत मस्तिष्क कर भी लेगा तो दूसरे ही क्षण

वह अपने उत्कट उन्माद में डूब जाएगी, पर काशी? वह बेहूदा औरत तो अब तक नौकरों के सागर-पेशे में नमक-मिर्च लगाकर सब कुछ कह चुकी होगी। और फिर भले ही वह तीव्र ज्वर का वायुविकार हो, सुननेवाले तो उसे दूसरा ही विकार समझेंगे। पत्नी-साहचर्य से वर्षों से विरहित, सुदर्शन गृहस्वामी के दौर्बल्य को भी समाज शायद क्षमा कर देगा, किन्तु अपने ही कमरे में नजरबन्द गृहस्वामिनी के उन्माद का लाभ उठा, जिस थाली में खा रही थी, उसी में छेद करनेवाली परिचारिका को क्या समाज क्षमा कर पाएगा? समाज की दृष्टि में तो वह वेतनभोगी परिचारिका ही थी—और आज वही निर्दोष परिचारिका लोगों की दृष्टि में अभिसारिका बन ही गई थी। क्या करे अब?

क्या तीव्र ज्वर की बेहोशी में डूबे, असहाय उदार स्वामी को अकेला ही छोड़ अपने कमरे में जाकर चुपचाप बोरिया-बिस्तर बाँध खिसक जाए? नहीं ऐसा वह नहीं कर सकती थी, इन छह महीनों में जिस उदार व्यक्ति ने उसकी सेवाओं का आवश्यकता से अधिक ही मूल्य चुकाया था, उसकी विवशता का लाभ उठा, वह उससे बिना कुछ कहे नहीं जा सकती थी। कम-से-कम इतना तो कहना ही होगा कि वह उनका दिया कर्ज बिना अदा किए नहीं भाग रही है। धीरे-धीरे एक-एक पाई चुका देगी, किन्तु कैसे मुँह दिखाएगी वह सबको? नौकर क्या कहेंगे! काशी ने तो उसे गृह-स्वामी की अंकशायिनी बना देख ही लिया था।

एक बार वह निःस्पन्द पड़े राजकमल सिंह की ओर बढ़ी—अस्फुट स्वर में वह न जाने क्या कह रहे थे, उसने झुककर सुनने की चेष्टा की, पानी माँग रहे थे क्या? खुले केश की लट का स्पर्श पाकर राजकमल सिंह ने एक पल को लाल-लाल आँखों से उसे देखा, फिर आँखें बन्द कर लीं—"क्या है सर? क्या माँग रहे हैं आप?" एक बार झुककर उसने अस्पष्ट स्वर को सुनने की चेष्टा की।

इस बार रुक-रुककर कही गई बड़बड़ाहट उसने स्पष्ट सुन ली—

गोरी सोवत सेज पर
मुख पर डाले केस
चल खुसरो घर आपने
साँझ भई चहुँ देस

यह क्या कह रहे थे वह! खुसरो की ही भाँति मृत्यु-आह्वान को क्या उन्होंने भी सुन लिया था! वह चुपचाप बाहर निकल आई—काशी आती ही

होगी, शायद उसने नूरबक्श, पियरी सबको उसकी कलंकगाथा सुना दी होगी। उसका अनुमान ठीक ही था। उस दिन रामपियरी भी दिन-भर उसके पास नहीं फटकी। दिन डूबे नित्य की भाँति मिट्टी की धूपदानी में लोबान का धुआँ देने उसके कमरे में आई तो उसका मुँह फूला हुआ था। काशी ने भी चाय की ट्रे एक प्रकार से मेज पर पटक दी थी। रात को वह मालती को नींद की गोली खिलाने ठीक आठ बजे जाया करती थी। उस दिन जब वह उस कमरे में गई, तब मालती उसे देख क्रुद्ध शेरनी-सी ही बिफर उठी थी। उसकी साँस, दमे के रोगी की साँस-सी तेज चलने लगी थी और दोनों नथुने रह-रहकर फड़क उठे थे। कुमुद को लगा, वह पानी का गिलास लेकर एक कदम भी आगे बढ़ी तो मालती उस पर टूट पड़ेगी।

हाथ का गिलास हाथ ही लेकर वह लौटने लगी। पर फिर उसी क्षण कठिन कर्त्तव्य-बोध ने उसे झकझोर दिया। रात-भर यदि मालती जगी रही तो अनर्थ हो सकता था, वह राजकमल सिंह के कमरे में जाकर उसकी निद्रा में भी व्याघात डाल सकती थी। जैसे भी हो, उसे गोली खिलानी ही होगी। अचानक उन्मादिनी उठकर खिड़की के पास खड़ी हो गई और बड़ी अंतरंगता से कुमुद की ओर देखकर मुसकराई जैसे कह रही हो—आओ, मेरे पास आओ, डर क्यों रही हो! उसी मधुर स्मित का आश्वासन पा साहस कर कुमुद गोली लेकर आगे बढ़ी ही थी कि मालती ने बड़ी अवज्ञा से मुँह फेर लिया।

"आपको गोली खानी है, मैं ले आई हूँ। देखिए..." किन्तु मालती बड़ी उदासीनता से बाहर देखती रही, एक शब्द भी नहीं बोली।

कुमुद ने हँसकर कहा—"गोली नहीं खाएँगी तो नींद नहीं आएगी, नींद नहीं आई तो सिर में उसी दिन की तरह दर्द होगा।"

मालती ने तड़पकर उसे देखा, उन उग्र उन्मत्त आँखों को देखते ही कुमुद की मधुर हँसी उसके होंठों पर ही सूख गई, गर्म तवे पर पड़ी पानी की बूँद, जैसे एक क्षण को मोती-से उभार, विलीन हो गई हो। पलक झपकते ही उसके हाथ से गिलास छीन मालती ने दूर पटक दिया और दोनों हाथों से उसका गला दबोच लिया। इस आकस्मिक आक्रमण के लिए कुमुद प्रस्तुत नहीं थी। उसे लगा उसके पैरों से धरती धीरे-धीरे छूट रही है और वह त्रिशंकु बनी हवा में झूल रही है। कहाँ से आ गई थी इस उन्मादिनी में यह आसुरी शक्ति! चाहने पर, छटपटाने पर, शरीर की समस्त शक्ति लगाने पर भी वह अपने को नहीं छुड़ा पा रही थी।

तब ही क्रमशः अवचेतन हो रहे शरीर की पूरी शक्ति लगाकर वह चीखी—"बचाओ, बचाओ!" और उसकी वह आर्त्त, दुर्बल, करुण, चीख उस अशक्त रोगी को भी रोगशैया से वहाँ खींच लाई, जिसे डाक्टरों की मृत्युंजयी औषधियाँ भी पूर्ण चेतनावस्था में नहीं लौटा रही थीं।

"मालती, मालती—क्या कर रही हो, छोड़ो-छोड़ो उसे..." काँपते दुर्बल हाथों से धक्का मारकर मालती को पलंग पर गिरा, काँपती देह को किसी तरह साधते राजकमल सिंह कुर्सी पर लड़खड़ाकर बैठ गए। दोनों को विलग करने के प्रयास में भय से थर-थर काँपती कुमुद एक क्षण को उन्हीं की अशक्त देह पर जा गिरी थी। राजकमल सिंह कुर्सी का हत्था न पकड़ लेते तो शायद दोनों जमीन पर ही गिरते। भय से, आकस्मिक आघात से कुमुद थर-थर काँप रही थी, पर मालती पूर्ण रूप से संयत, सन्तुष्ट होकर पलंग पर उकड़ूँ बैठ, फिर बड़बड़ाने लगी थी। एक बार भी उसने आँख उठाकर कुर्सी पर बैठे पति को नहीं देखा।

राजकमल सिंह ने कुमुद को बाहर जाने का इशारा किया तो उसकी चेतना लौटी। अपने कमरे में पहुँचकर भी उसका हतपिंड बुरी तरह काँप रहा था। गले की नसों को जैसे झिंझोड़ कर, मालती ने भीतर-ही-भीतर टुकड़े-टुकड़े कर दिया था। क्यों किया उसने ऐसा? क्या उसके उत्कट उन्माद के बीच भी काल्पनिक सौत की संभावना, उसे ऐसा उग्र बना गई थी? अब उसका यहाँ रहना उचित नहीं था, उसकी नौकरी ही तो मालती को लेकर थी, उसी की देख-रेख के लिए उसकी नियुक्ति की गई थी, तब वह अब रह ही कैसे सकती थी! यह नित्य का भद्दा नाटक बन जाए, इससे पूर्व ही उसे चल देना होगा। यदि गिरते-पड़ते राजकमल सिंह वहाँ उस क्षण न आ गए होते तो क्या वह अपनी गर्दन उस सशक्त प्राणलेवा पकड़ से छुड़ा पाती? बड़ी देर तक ठंडे पानी से नहाने पर भी उसकी कनपटी की फड़कती रगें शांत नहीं हुईं, लग रहा था शरीर का सारा रक्त कंठनली में अटक उसकी साँस रोक रहा है। क्या करेगी वह अब? अचानक नौकरी छोड़कर घर पहुँचेगी, तो सब क्या कहेंगे? और यहाँ? यहाँ लोग उसे लेकर न जाने कैसी-कैसी मनगढन्त घिनौनी बातें फैलाएँगे। काशी की कृपा से उसके दुर्भाग्य का प्रकरण अब तक सब कहीं बाँचा जा चुका होगा। रात को पियरी खाना लेकर आई तो उसने लौटा दिया। एक बार भी वह राजकमल सिंह के कमरे में झाँकने नहीं गई।

सुबह जब उसकी आँखें खुलीं, तब उजाला ठीक से फैला भी नहीं था—सात बजे से फिर अपने मरीज की परिचर्या का भार सँभालना होगा। ठीक आठ बजे डाक्टर चक्रवर्ती आते थे। नहा-धोकर वह तैयार हुई और द्वार खोलकर चुपचाप बाहर निकल गई। देहात से आ रहे दूधवालों की साइकिल की टुन-टुन के अलावा, सड़क पर एकदम सन्नाटा था। सामने कविराज की लाल कोठी की बत्ती जल रही थी। जब कभी वह इस निभृत सड़क पर टहलने निकलती, कविराज के पूजागृह से आती गुग्गुल की मदिर सुगन्ध, श्लोकों की धुर आवृत्ति उसे एक पल को रोक लेती। इतनी बड़ी कोठी में विधुर कविराज अकेले रहते थे। पियरी ने ही बताया था कि "मरे मुर्दा की ठठरी में भी जान फूँकते रहे, मुला आपन मेहरारू केर रोग ठीक नाहीं कर पाए, भरी जवानी में चली गई, एक ठो बिटवा रहा, सो मेम बियाह लावा, पंडितजी लाठी मार-मार भगाय दिहिन।"

आज भी गुग्गुल की परिचित सुगन्ध ने उसे रोक लिया। अचानक उसके मस्तिष्क में बिजली-सी कौंधी—रातभर की उलझन, नौकरी छोड़ने के पशोपेश से वह एक क्षण ही में मुक्त हो सकती थी। उस दैवज्ञ के पास क्या मन की व्याधि का उपचार नहीं होगा? किसी मन्त्रपूत डोर में बँधी कुमुद धीरे-धीरे जाकर उनके द्वार पर खड़ी हो गई।

कविराज उनकी ओर पीठ किए 'विष्णु सहस्रनाम' का पाठ कर रहे थे, स्वयं प्रतिष्ठित मूर्ति से लग रहे कविराज की नग्न पीठ पर उगते सूर्य की पीताभ आभा पड़ उसे सुवर्णमय दंड के ऊपर धीर, निश्चल, निष्कम्प मंगल प्रदीप की लौ सतर होकर जल रही थी, पूरे कमरे में गुग्गुल की अवसन्न धूम्र रेखा की सुगन्ध रसबस-सी गई थी। कविराज के मधुर कंठ से निकले श्लोकों की ध्वनि सुन कुमुद की आँखें स्वयं ही अश्रुसिक्त हो गईं। ठीक ऐसे ही तो उसके बाबूजी भी इन्हीं श्लोकों को पढ़ते थे, सुन-सुनकर ही उसे

ये पंक्तियाँ कंठस्थ हो गई थीं–

अनन्तो हुतभुग्भोक्ता सुखदो नैकजोऽग्रजः
अनिर्विण्णः सदामर्षी लोकाधिष्ठानमद्भुतः।

वह आँखें बन्द कर वहीं बैठ गई–

रोगातो मुच्यते रोगाद् बद्धो मुच्यते बन्धनात्।
भयान्मुच्यते भीतस्तु मुच्येतापन्न आपदः।

रोगातुर पुरुष रोग से, बन्धन में पड़ा बन्धन से और भयभीत भय से, आपत्ति में पड़ा हुआ आपत्ति से छूट जाता है–विष्णु सहस्रनाम की इसी महिमा का तो बाबूजी भी पाठ करते थे।...

पाठ समाप्त कर कविराज उठे, पलटे और देहरी के बाहर बैठी कुमुद को देख ठिठक कर खड़े हो गए।

"कौन हो बेटी?"

हड़बड़ाकर कुमुद उठी, झुककर उसने प्रणाम किया–

"लगता है तुम्हें कहीं देखा है..." कविराजजी ने उसे गौर से देखा।

"जी हाँ, आपने मुझसे ही तो उस दिन राजा साहब का सिरहाना पश्चिम की ओर न करने को कहा था..."

"ओह ठीक-ठीक, अब याद आया, कर दिया था ना? देखो बेटी, पश्चिम में सूर्य डूबता है, इसी से सिरहाना पश्चिम में नहीं किया जाता–क्यों कैसे हैं राजकमल?"

कुमुद ने उनके प्रश्न का उत्तर नहीं दिया, चुपचाप खड़ी ही रह गई।

"क्यों बेटी, कुछ कहने आई हो क्या! आओ भीतर चली आओ–बैठो!"

उन्होंने अपना कुशासन उसकी ओर बढ़ा दिया और स्वयं मृगचर्म पर बैठ गए।

"मैं आपसे एक राय लेने आई थी..." उसका कंठ सहसा भर्रा गया। इस सन्त के सम्मुख वह कैसे कह पाएगी कि वह अकारण ही बिना किसी अपराध के अपराधिनी बना दी गई है।

"पूछो बेटी, क्या पूछोगी..."

कुमुद की निर्भीक दृष्टि उस तेजस्वी चेहरे की ओर उठी, नवजात शिशु की-सी चिकनी त्वचा, वही निष्पाप भोली चावनी, दन्तहीन निर्दोष हँसी, परमहंस क्या ऐसे ही सन्तों को कहते होंगे? उसी दिव्य उपस्थिति ने उसकी वाणी को सहसा मुखर बना दिया, उसने उनसे कुछ भी नहीं छिपाया, एक-एक

बात कह गई, लालू की आवारागर्दी, उमा का निर्लज्ज आचरण, धर्मभीरू सरला जननी की व्यथा और स्वयं अपनी विवशता, उन्मादिनी स्वामिनी का अत्याचार, उदार गृहस्वामी का सहयोग और अन्त में नियति का वह छलनामय प्रहार।

''अब आप ही बताइए, मैं क्या करूँ...मैं चली गई और मेरे जाने के बाद राजा साहब को कुछ हो गया तो जीवन भर मैं अपनी प्रवंचना को क्षमा नहीं कर पाऊँगी, इतनी बड़ी हवेली में उनकी ठीक से देखभाल करनेवाला न कोई स्वामिभक्त सेवक है, न सेविका। पत्नी उन्मादिनी है, दोनों भाई उनकी जान के दुश्मन हैं, पियरी बता रही थी, मध्यप्रदेश से किसी ऐसे सिद्ध औघड़ को बुलाकर तन्त्र-मन्त्र चला रहे हैं, जैसे देश के वरिष्ठ नेता एक-दूसरे पर मूठ चलवाते हैं। यहाँ रहती हूँ तो सबकी दृष्टि में मैं दुराचारिणी हूँ--राजा साहब की रखैल...'' घर पर लौटने पर कुमुद स्वयं अपनी जिह्वा के अस्वाभाविक निर्लज्ज आचरण से रसातल में धँस गई थी। छिः-छिः कैसे वह उस सस्ते बाजारू शब्द को जिह्वाग्र पर ला सकी थी, वह भी उस देवतुल्य सन्त के सम्मुख!

बड़ी देर तक आँखें मूँदे कविराज निःशब्द बैठे रहे, घन श्वास-निःश्वास में उनके गौर उदर की गोलाकार परिधि, रह-रहकर उठ-गिर रही थी। ठीक जैसे उस दिन आँखें बन्द कर दीर्घ समय तक राजा साहब की नाड़ी थामे, शरीर में छिपी कुटिल व्याधि का सूत्र पकड़ रहे थे। अन्तर यही था कि आज मन की अदृश्य नाड़ी उनके हाथ में थी, अब उनसे कुमुद कुछ भी नहीं छिपा पाएगी, कुमुद भी समझ गई कि उसके सम्मुख बैठा यह सरल, अर्द्धनग्न धन्वन्तरि, तन ही का नहीं, मन का भी धन्वन्तरि है।

''मैं जो कहूँगा, उसे मानोगी?'' कविराज की आँखें खुलीं और उनकी ओर एक बार देखकर ही कुमुद ने आँखें झुका लीं। उसे लगा उस तीव्र रेडियम लगी दृष्टि का तेज वह सह नहीं पाएगी—दहकती लौह शलाका-सी वह दृष्टि उसके अन्तर तक धँसती चली गई—

''जी हाँ।''

''तब तुम जितनी जल्दी हो सके, यहाँ से चली जाओ बेटी—तत्काल यह हवेली छोड़ दो, हो सके तो अभी इसी क्षण!''

''लेकिन--'' कुमुद को शत-शत संशयों ने बींध दिया, न राजासाहब का बुखार उतरा था, न डाक्टर चक्रवर्ती से ही अभी कुछ कह पाई थी, फिर वह

कर्जा जो उसे उठते-बैठते डंक मार रहा था, उसे कर्ज देनेवाला होश में आए।

"तुमने मुझसे अपनी मानस-व्याधि का निदान ही करने को कहा था न बेटी! जाओ, ईश्वर तुम्हारा कल्याण करें..." और वह फिर उसकी ओर पीठ कर ध्यानावस्थित हो गए।

कुमुद ने वहीं घुटने टेककर उन्हें प्रणाम किया और चुपचाप बाहर निकल गई।

कविराज के पास बैठकर, एकाएक उसका चित्त स्वयं चिन्तामग्न हो उठा था। ठीक ही कहा था उन्होंने, उसे तत्काल हवेली छोड़नी होगी। किन्तु कहकर जाना उसके लिए फिर सहज नहीं होगा, एक पत्र लिखकर मेज पर धर जाएगी और रात की गाड़ी से चली जाएगी।

रात की गाड़ी से जाना इतना कठिन होगा, यह वह तब नहीं जान पाई थी। अपनी ड्यूटी पर गई, तो देखा डाक्टर चक्रवर्ती गम्भीर मुखमुद्रा बनाए रोगी के सिरहाने बैठे हैं–

"मिस जोशी," उसे देखते ही वह उसकी ओर बढ़ आए–"यह कल क्या चलकर अपनी पत्नी के कमरे तक गए थे?"

"जी।"

"कैसे चल पाए वहाँ तक? कुछ उत्तेजित हो गए थे क्या? पल्स बेहद फास्ट चल रही है।"

"जी हाँ, कल वह एकाएक वायलैंट हो गई थीं, मेरा गला दबोच दिया, मैं चीख पड़ी और शायद मेरी चीख सुनकर घबराकर वहाँ आ गए..."

"ओह आई सी–देखिए मिस जोशी, थोड़े दिन आप काशी से कहिए, उन्हें देखे। आप इन्हें एक पल को भी न छोड़ें, कभी ऐसे ही बाहर निकल गए तो न्यूमोनिया हो सकता है! समझ में नहीं आता जो करवट बदलने में भी कराह रहे थे, वह उस कमरे तक चलकर कैसे पहुँचे!"

किन्तु कुमुद को आश्चर्य नहीं हुआ था, बहुत पहले उसके चाचा सन्निपात में ऐसे ही बहककर निशातगंज के पुल से गोमती में कूद गए थे, दूसरे दिन उनकी लाश ही किनारे लगी थी। यदि उसके जाने के बाद ऐसा ही उल्टा-सीधा कुछ कर बैठे, तो वह क्या कभी अपने को क्षमा कर पाएगी? किन्तु कविराज के शब्द रात भर उसके कानों में गूँजते रहे और वह करवटें बदलती रही।

"कुमुद!"

वह अचकचाकर उठ बैठी, इस नाम से यहाँ उसे पुकारने वाला कौन हो सकता था, वह भी इतनी रात को, उसने घड़ी देखी। ठीक एक बजा था।

"कुमुद, द्वार खोलो!"

जीवन में इतनी भयभीत वह पहले कभी नहीं हुई थी। क्या दिवंगत मरियम ही तो कहीं छलनामय रूप धरकर उसका द्वार नहीं खटखटा रही थी? कौन है? उसने द्वार की दरार से देखने की चेष्टा की, पर अँधेरे में कुछ भी नहीं देख पाई। लपककर बत्ती जलाने का साहस भी उसे नहीं हो पा रहा था।

"कुमुद, मैं हूँ राजकमल!"

उस आदेश की अवज्ञा वह फिर नहीं कर पाई। दुर्बल, मुमूर्ष गृहस्वामी अपने ही द्वार पर दीन-हीन याचक बना खड़ा था। शरीर पर लिपटे शाल को और कसकर लपेट वह भीतर आकर निढाल हो कुमुद के पलंग पर ऐसी सहजता से लेट गए जैसे वह उन्हीं का पलंग हो। कुमुद ने लपककर, द्वार बन्द कर कुंडी चढ़ा दी। चोर की भाँति, दबे कदम रखती काशी कभी-कभी आधी रात को भी, उसके कमरे में आकर दरार से झाँक जाती थी।

न जाने कितनी देर तक दोनों जहाँ के तहाँ बने रहे। राजकमल कुमुद के पलंग पर ऐसे निश्चेष्ट पड़े थे, जैसे वहाँ तक आने में उनके दुर्बल शरीर की सब शक्ति चुक गई हो और मूर्ति-सी कुर्सी पकड़कर खड़ी कुमुद काठ बन गई थी।

यह क्या हो गया भगवान्! इतने दिनों से ज्वर से दुर्बल, लगभग अचेत पड़ा यह मरीज, कैसे उतनी सीढ़ियाँ पार कर, उसके कमरे तक चला आया और क्यों?

तब ही अत्यन्त क्षीण मधुर स्वर के आह्वान ने उसे चौंका दिया—"डरो मत कुमुद, आओ यहाँ बैठो, तुमसे कुछ कहने आया हूँ..."

डरी-सहमी कुमुद कुर्सी पर ही बैठने लगी—

"नहीं उतनी दूर नहीं, पास आओ, तब ही तुम मेरी आवाज सुन सकोगी। जोर से बोलने की न शक्ति है, न इच्छा। इन मनहूस हवेली की दीवारों के भी कान हैं..."

इतना ही बोलने में वह काँपने लगे।

कुमुद एक शब्द भी नहीं बोली।

"जो कुछ उस दिन हुआ, उसके लिए मैं बहुत लज्जित हूँ। मैंने कभी नहीं सोचा था कि मालती अपने दिमाग में यह फितूर पाल लेगी। पर दोष मेरा ही था, मैं तो उसकी यह दुर्बलता जानता था। उसने मरियम को लेकर भी ऐसा ही बावेला खड़ा किया था। इसी से जब मैंने तुम्हें पहली बार देखा, सोचा तुम्हें उल्टे पैरों वापस कर दूँ। तुम इतनी छोटी होगी, इतनी..." अपना वाक्य अधूरा ही छोड़ उन्होंने एक दीर्घश्वास लेकर मुँह फेर लिया। एक-एक शब्द बोलने में भी उन्हें जैसे प्राणान्तक कष्ट हो रहा था।

बड़ी देर तक उन्हें उसी मुद्रा में पड़ा देख कुमुद घबरा गई, हड़बड़ाकर उसने टटोलकर उनका ललाट स्पर्श करने की चेष्टा की, उसी दिक्भ्रान्त काँपते हाथ को राजकमल सिंह ने कसकर पकड़ लिया—"जब तुमने इतनी कुशलता से मेरी उलझी गृहस्थी का ताना-बाना सुलझा दिया, और मालती तुमसे इतना हिल गई तो सच कहता हूँ कुमुद, वर्षों से मेरी छाती पर जमी लौह शिला को किसी ने दूर झटक दिया। मालती तुम्हें एक दिन भी न देखती तो बौरा जाती। तुम जब लखनऊ गई, तब उसे सँभालना कठिन हो गया था, न वह हमारे हाथ से खाना खाती, न दवा, बार-बार खिड़की से देखती कि कहीं तुम तो नहीं आ रही हो। तब ही एक कटु सत्य मुझे रह-रहकर कोंचने लगा..."

राजकमल सिंह का स्वर फुसफुसाहट में डूब गया—वह जैसे बीच-बीच में एकदम ही टूटते जा रहे थे।

"मैं सोचने लगा—क्या अकेली मालती ही तुम्हारे बिना व्याकुल हो जाती थी? तुम्हारे प्रति अपनी यह दुर्बलता, जिस दिन मैंने पहचान ली, उसी दिन से मैंने जानबूझ कर अपने और तुम्हारे बीच की दूरी बढ़ा दी। चार दिन के लिए बाहर जाता तो पन्द्रह दिन में लौटता। सोचा था, इस बार घर लौट तुम्हें मालती को सौंप, कुछ महीनों के लिए विदेश चला जाऊँगा। तुम मालती की देख-रेख मुझसे भी अच्छी तरह कर लोगी, यह विश्वास मुझे उसकी ओर से निश्चिन्त बना गया था। पर फिर भी इस विकार के लिए मेरा अन्तःकरण मुझे निरन्तर धिक्कार रहा था। मुझे लगता, मैं अपने ही से हार रहा हूँ। एक बार दूध से जला चुका हूँ, इसी से मट्ठा भी फूँक-फूँककर पीना होगा, यह भी मैं जानता हूँ, पर अपने उन्माद के बीच मालती मेरी इस दुर्बलता को ऐसे पकड़ लेगी, यह मैं नहीं जानता था। मरियम की बात दूसरी थी..."

एकाएक वह फिर चुप हो गए, बड़ी देर तक जब उन्होंने अपनी अधूरी आपबीती का सूत्र नहीं थामा, तब घबराकर कुमुद ने एक बार फिर उनके ललाट का स्पर्श किया। कहीं फिर तेज बुखार की बेहोशी में तो नहीं डूब रहे थे। यदि ऐसा ही हुआ तो अपने शयनकक्ष में अचेत पड़े गृहस्वामी की उपस्थिति के कलंक को क्या वह आसानी से मिटा पाएगी? कौन-सी कैफियत फिर उसे बचा पाएगी! राजकमल सिंह ने अपने ललाट पर धरी उस हिमशीतल हथेली को फिर अपनी ज्वरतप्त हथेली में बाँध छाती पर धर लिया—''मरियम सुन्दर थी, आकर्षक थी, किन्तु सच कहता हूँ कुमुद, उसके प्रति किसी विकार ने एक पल के लिए भी मेरे हृदय को मलिन नहीं किया। कभी-कभी मैं देखता, उस भावुक लड़की को मालती की देख-रेख की चिन्ता से भी अधिक चिन्ता मेरी देख-रेख की थी। अपने हाथों से मेरी मेज साफ करती, बिस्तर लगाती, यहाँ तक कि जूतों तक में स्वयं पालिश करती। एक दिन मैंने देख लिया तो मैंने कहा—यह आपका काम नहीं है मिस जोजेफ, नौकर किस लिए हैं! 'मुझे इस सुख से वंचित न करें, सर!'—उसकी आँखों में आँसू देख मैं दंग रह गया, कौन-सी ऐसी बात कह दी मैंने, जो यह विचित्र लड़की रो पड़ी!—'मुझे महल में रहने का सुख आप ही ने जीवन में पहली बार दिया है, सर! कुछ मुझे भी तो करने दीजिए—' मैंने फिर भी यही सोचा, कि अनाथ लड़की है, जन्म से ही मद्रास के मिशनरी अनाथालय में पली है, इसी से कह रही है। मद्रास में जिस समाजसेवी संस्था में वह पली थी, उन्होंने इसकी बड़ी प्रशंसा लिखकर मुझे भेजी थी। इसमें कोई सन्देह नहीं कि उसकी सेवा त्रुटिहीन थी।

''एक दिन मैं अपने कमरे में सो रहा था कि आधी रात को देखा, मरियम मेरे सिरहाने बैठी, एकटक मुझे देख रही है। मैं चौंककर उठ बैठा—यह क्या मिस जोजेफ, आप यहाँ क्या कर रही हैं? उसने मेरे दोनों हाथ कसकर पकड़ लिये—मुझसे आप यह पूछ रहे हैं? कैसे पुरुष हैं आप? क्या आपकी आँखें नहीं हैं, देख नहीं रहे आप! मेरा पूरा शरीर आपके प्रेम की ज्वाला में कैसा धधक रहा है! नारी का यह निर्लज्ज रूप मैं पहली बार देख रहा था, फिर भी मैंने अपने विवेक को साधकर कड़क से कहा—यह क्या पागलपन हो रहा है मिस जोजेफ, प्लीज गेट आउट—गेट आउट आई से। उसे एक प्रकार से धक्का देकर ही मैंने कमरे से बाहर किया और कुंडी चढ़ा दी। उस दिन उसे किसी ने मेरे कमरे में देख लिया होता तो अनर्थ हो जाता। उन

दिनों मेरे दोनों भाई मेरे जानी दुश्मन बने, मेरी प्रतिष्ठा, मेरे सुनाम पर धब्बा पोतने हाथ में कालिख लिये घूम रहे थे। सोचा दूसरे दिन उठते ही उस छोकरी को नोटिस देना होगा। अपने वृद्ध मुंशी जी को बुलाकर सब स्थिति समझानी होगी...

''लेकिन दूसरे दिन उठा तो देखा मरियम के चेहरे पर बीती रात के अप्रिय प्रसंग का एक चिह्न भी नहीं था। वह नित्य की भाँति, अपना वही उत्फुल्ल चेहरा लिये काम में लग गई थी। उसने मेरा बिस्तर लगाया, डिक्टेशन लिया, करीने से मेरे कागज मेज पर लगाए, मालती को नहला-धुला उसके बाल बनाए। उसकी स्वाभाविक गतिविधि देख फिर मैंने उससे कहना उचित नहीं समझा। चलो, अच्छा हुआ, लड़की भले ही रास्ते से कुछ पलों के लिए भटकी हो, अब वह स्वयं ही बड़ी समझदारी से राह पर आ गई थी। देखते-ही-देखते तीन महीने बीत गए। पर इधर मुझे मरियम में फिर से कुछ बदलाव दिखने लगा था। काम करते-करते वह एकाएक गहरे सोच में डूब जाती, टाइप करने बैठती तो बीसियों गलतियाँ कर देती। मैं कभी-कभी बुरी तरह झुँझला पड़ता—क्या बात है मिस जोजेफ, आपकी तबीयत ठीक नहीं है क्या? थोड़े दिन की छुट्टी लेकर घर हो आइए।—'कहाँ जाऊँगी सर? मेरा घर ही कहाँ है'—उसने कहा और उसकी डबडबाई आँखें देख मुझे उस गरीब पर तरस आ गया था। ठीक ही तो कह रही थी बेचारी, जाएगी कहाँ?

''पर बदलाव उसी में नहीं हुआ था, मालती उसे देखकर भड़कने लगी थी। वह बाल बनाने आती तो उसके हाथ से कंघा छीनकर दूर पटक देती। एक दिन तो उसने मरियम को बुरी तरह नोच-बकोट लिया। कहते हैं पशु-पक्षियों को विधाता ने अद्‌भुत शक्ति प्रदान की है। भावी संकट को भाँपने की अनुपम घ्राण शक्ति, जलजला हो या सैलाब, उसकी आसन्न सम्भावना से चौकन्ने हो घोड़े हिनहिनाने लगते हैं, गायें रम्भाने लगती हैं, पक्षी बसेरा छोड़ दूर उड़ जाते हैं, ऐसे ही उस भयावह आसन्न संकट को शायद मालती की अन्तश्चेतना ने भी दूर ही से देख उसे चौकन्नी बना दिया था। वह मरियम को देखते ही चीखने लगती—भगा दो, इसे भगा दो!

''काश, मैंने उसकी चेतावनी को मान लिया होता। एक दिन मैं सुबह सो ही रहा था कि काशी ने आकर द्वार भड़भड़ाए—'उठिए-उठिए सरकार, उस ईसाइन ने आत्महत्या कर ली है।'

''मैं भागता गया, तो देखा इसी पंखे से उसकी निष्प्राण देह झूल रही

है। वीभत्स दृश्य था, जीभ बाहर निकल आई थी, नाक-मुँह से रक्त निकलकर चिबुक पर दाढ़ी-सा जम गया था। उफ! अभी भी नहीं भूल पाया हूँ मैं। स्टूल एक ओर लुढ़का पड़ा था, दूसरी ओर उसकी जीर्ण बाइबल के अधफटे पन्ने इधर-उधर उड़ रहे थे, लगता था बाइबल छाती से लगाकर ही वह सूली पर चढ़ी थी और जब देह निष्प्राण हुई होगी, तब बाइबल उस ऊँचाई से नीचे गिरने से औंधी होकर फट गई थी। बाइबल उठाई तो देखा उसके भीतर मेरे नाम लिखी एक चिट्ठी भी थी। मूर्ख लड़की ने मुझसे प्रेम किया था, यह उसने स्वीकार किया था—'सोचा था, आपने भले ही मुझे अपने कमरे से धक्का मारकर निकाल दिया हो, मैं आजीवन आपकी सेवा करती रहूँगी। पर मैं क्या जानती थी कि आपके प्रति मेरा यह अनन्य प्रेम ही एक दिन मेरा सर्वनाश कर देगा। एक दिन आधी रात को मैं इसी खिड़की पर खड़ी थी कि देखा, आप फौवारे के पास खड़े हँसकर मुझे हाथ के इशारे से बुला रहे हैं। मेरा कलेजा मुँह को आ गया—ऐं ईसू बाप, तूने मेरी सुन ली, मेरे कठोर हृदय प्रेमी के शुष्क हृदय को आखिर मेरे अटूट, सच्चे प्रेम ने जीत ही लिया! नाइटी ही पहने, मैं पागलों की तरह भागती गई और आपसे लिपट गई। दूसरे ही क्षण मैंने देखा, मैं जिस बाहुपाश में बन्दिनी बनी हूँ, वह केवल एक ही बाहु का छलनामय बाहुपाश है। वह आप नहीं, आपके मँझले भाई कृष्णकमल सिंह थे। मैं बहुत छटपटाई, नोचा-बकोटा पर उन्होंने अपने चौड़े पंजे से मेरा मुँह बन्द कर दिया। जब होश आया, तब मैं ओस से भीगी दूब पर पड़ी थी। अपने उतने बड़े सर्वनाश की बात मैं किससे कह सकती थी? सोचा था प्यारे ईसू से सब कुछ कह कनफेस कर उसी से दया की भीख माँगूँगी। मेरा इतना ही दोष है खुदा बाप, कि मैंने किसी से प्यार किया है। पर ईसू ने शायद मुझे माफ नहीं किया, सहसा अपने पाप का प्रमाण मुझे आतंकित कर गया, मेरी जो अवस्था थी उसे नर्स होकर मैं न पहचानती तो और कौन पहचानता? मुझे लगा, आपके शत्रु दोनों भाई, इस पाप का सूत्र आप ही से जोड़ेंगे—कहेंगे, मैं आपकी रक्षिता हूँ, आपके इस अवैध वंशधर की जननी। इसी से अपना मुकदमा लेकर अब उस खुदा बाप की अदालत में जा रही हूँ, जहाँ सदा दूध-का-दूध पानी-का-पानी ही रह जाता है।'

''हुआ वही, लाश को पुलिस ले गई, पोस्टमार्टम में गर्भस्थ तीन माह के शिशु की पुष्टि हुई। हारकर मुझे अपने उस व्यर्थ कलंक को मिटाने मरियम का पत्र अदालत में दिखाना पड़ा। मैं बेदाग निकल आया, पर मँझले

भैया उसी दिन से मेरे लहू के प्यासे बन गए। सोचा था, सब बेच-बाचकर मालती को लेकर नाइजीरिया चला जाऊँगा। वहाँ मेरे मामा का बहुत बड़ा व्यवसाय है। उसी में अपनी पूँजी भी लगा दूँगा। पर अब...''

''सुनिए,'' कुमुद ने धीरे से अपना हाथ उनकी तप्त जकड़ से छुड़ा लिया–''आप अपने कमरे में जाइए, आपको बहुत बुखार है, चलिए मैं पहुँचा दूँ!''

''नहीं मैं अब कहीं नहीं जाऊँगा–मुझे किसी का भय नहीं है। आज तक मैंने कौन सा सुख भोगा है, बताओ, बताओ जरा...'' वह उत्तेजित होकर बैठ गए।

अँधेरे में दोनों एक-दूसरे को देख नहीं पा रहे थे। उजाला होता, तो शायद स्वभाव से ही भीरू कुमुद भी इतनी जोर से नहीं बोल पाती। उस रोबीले चेहरे को देख उसकी जीभ हमेशा तालू से सट जाती थी।

''आपकी तबीयत ठीक नहीं है सर, आप ऊपर चलें,'' उसने उन्हें ऐसे फुसलाया, जैसे किसी हठीले अबोध बालक को डरा-समझाकर गोद में उठा रही हो।

जब वह उन्हें सहारा देकर कमरे तक ले गई, तब एक पल को उसके कन्धे पर धरे हाथ ने उसे जकड़ने की चेष्टा की, किन्तु उसी क्षण फिर वह पकड़ ढीली पड़ गई–''कुमुद, कुमुद,'' भर्राया, दुर्बल कंठ-स्वर एक क्षण को उसके कानों में फुसफुसाया–''तुम मेरे पास ही बैठी रहो कुमुद, मुझे डर लग रहा है...''

कुमुद ने उन्हें यत्न से बिस्तर पर लिटाकर चादर ओढ़ा दी। वह बाहर जाने को उद्धत हुई तो एक बार उसने पलंग पर क्लान्त अवसन्न पड़े राजकमल सिंह की ओर देखा। अब न उन्होंने उसे रुकने के लिए कहा, न आँखें खोलकर देखा–लगता था उनकी समस्त शक्ति चुक गई है और वह एक बार फिर अपनी उसी गूढ़ निद्रा में डूबते चले जा रहे हैं, जो पिछले एक हफ्ते से उन्हें खींचकर बड़ी दूर ले जाने की चेष्टा कर रही है।

कुमुद ने नीचे जाकर नूरबक्श को जगाया तो वह हड़बड़ाकर उठ बैठा–''क्या बात है मिस साब, इतनी रात को आप यहाँ? साहब की तबीयत ठीक नहीं है क्या?''

''हाँ, नूरबक्श तुम साहब के पास जाकर बैठो, मैं चक्रवर्ती को फोन करती हूँ!''

नूरबक्श को ऊपर भेज, उसने डाक्टर चक्रवर्ती को फोन किया, फिर अपने कमरे में आकर उसने अपने सूटकेस में जल्दी-जल्दी इधर-उधर बिखरे कपड़े ठूँसे। अभी चार बजे थे, सुबह पाँच की मेल पकड़ने के लिए उसे साढ़े चार तक चल देना होगा। पलंग पर अभी भी उस दीर्घ देह की छाप के हस्ताक्षर वैसे ही बने थे। वह हाथ से चादर की सिलवटें बिठाने लगी, तो उसकी आँखें भर आईं। जिसे छः महीने पहले वह जानती भी नहीं थी, उस भाग्यहीन के लिए उसका यह कैसा मोह था! न जाने क्या-क्या सोचकर उसने फिर कागज उठाया और लिखने लगी—

''मान्यवर,

आपको बीमारी में असहाय छोड़कर जा रही हूँ, हो सके तो इस अकृतज्ञता के लिए मुझे क्षमा करें। आपका कर्जा मैं बाबूजी का रुपया मिलते ही चुका दूँगी। मेरे जीवन के कुछ सुखद क्षण यहीं बीते हैं इसी स्मृति के साथ आपसे विदा ले रही हूँ!

—कुमुद''

नूरबक्श कब दरवाजे पर खड़ा हो गया है, वह देख भी नहीं पाई—

''सरकार,'' उसका काँपता स्वर सुन वह घबराकर खड़ी हो गई—कहीं क्रूर कुतूहलप्रिया नियति फिर तो उसे लौह-शृंखलाबद्ध करने नहीं आ रही थी!

''क्या बात है, नूरबक्श?''

''साहब तो सरदर्द से छटपटा रहे हैं मिस साब, डाक्टर साब को फोन किया था आपने!''

''घबराओ नहीं नूरबक्श, डाक्टर साहब आते ही होंगे—मुझे पूछें तो कह देना मुझे अचानक लखनऊ जाना पड़ा, मेरी माँ सख्त बीमार हैं, मैं इसी गाड़ी से जा रही हूँ...''

''क्या कह रही हैं हुजूर, मैं अकेले साहब को कैसे सँभालूँगा! मत जाइए, मिस साब, आज रुक जाइए, शायद साहब का बुखार शाम तक उतर जाए!''

''नहीं नूरबक्श, मुझे जाना ही होगा, मेरी माँ एकदम अकेली हैं।''

''पर आप कैसे जाएँगी मिस साहब, इत्ती सुबह तो रिक्शा भी नहीं मिलेगा—चलिए—मैं आपको स्टेशन तक छोड़ आऊँ—काशी को बुलाकर साहब के कमरे में भेज दूँ, आप भी थोड़ा रुकें...''

पर वह रुकी नहीं, एक बार राजकमल सिंह को देखकर वह स्वयं ही

जाकर कोई रिक्शा ढूँढ़ लेगी, यही सोचकर वह ऊपर गई—राजकमल सिंह चुपचाप पड़े थे, यह गहरी नींद थी, या तीव्र ज्वर की बेहोशी? वह काँप गई, छिः-छिः कैसी बातें सोचने लगी थी वह। न जाने कैसी विचित्र गन्ध पाकर वह सहम गई—ठीक ऐसी ही गन्ध—बाबूजी की मृत्यु के पूर्व उनके कमरे में उसका दम घोंट गई थी। क्या यही थी मृत्युगन्ध?

काँपकर वह बाहर निकल आई। काशी आकर बेंच पर न जाने कब आकर बैठ गई थी। उसने बड़ी विद्रूपतापूर्ण कुटिल दृष्टि से उसे देखा, फिर मुँह फेर लिया। क्या वह जान गई थी कि वह सदा के लिए हवेली छोड़कर जा रही है? क्या वह यह भी जान गई थी कि कमरे में वह अकेली अन्तिम बार विदा लेने आई थी?

वह स्टेशन पहुँची तो गाड़ी यार्ड पर खड़ी थी। जल्दी-जल्दी टिकट लेकर नूरबक्श ने उसे जनाने डिब्बे में बिठा दिया। गाड़ी जैसे उसी के लिए खड़ी थी, अधैर्य की क्रुद्ध फुफकारें छोड़ता इंजन गतिमान हुआ—चलती ट्रेन के साथ-साथ नूरबक्श चल रहा था। कुमुद ने हाथ बढ़ाकर उसे लिफाफा थमा दिया—"नूरबक्श साहब होश में आएँ तो उन्हें दे देना और..." वह आगे कुछ नहीं कह सकी।

"इन्शाअल्ला जरूर होश में आएँगे, पर आप जल्दी लौट आइएगा, सरकार..."

"नूरबक्श," उसने अपने रुँधे गले को संयत कर कहा—"साहब होश में न आएँ तो इसे फाड़कर फेंक देना..."

गाड़ी ने गति पकड़ ली थी—डिब्बे के साथ-साथ चल रहा नूरबक्श बहुत पीछे छूट गया।

ठीक छः महीने पहले वह इसी स्टेशन पर क्लान्त शरीर और अवसन्न चित्त लेकर, अकेली उतरी थी और आज वैसा ही क्लान्त शरीर और अवसन्न चित्त लेकर अकेली ही लौट रही थी।

जिस हवेली को छोड़ आई थी, उसमें उसके चले जाने के बाद भी कुछ नहीं बदलेगा। आधी रात की निःस्तब्धता को चीरता टिट्टिभ का विलाप, तीव्र ज्वर से बेसुध पड़े मरीज को शायद पल-भर के लिए जगा देगा, पीपल के पेड़ पर नित्य की भाँति उल्लू बोलने लगेगा तब, शायद मालती अपने कमरे में उकड़ू होकर अकेली बड़बड़ाने लगेगी। हवेली के वामांग से आती ढोलक

की थपेड़ों के साथ 'बन्ने घोड़ी' की गूँज गूँजेगी और शिवकमल सिंह की ह्वील-चेयर की खड़खड़। और स्वयं उसके कमरे में दीवारों पर अंकित हस्ताक्षर—मरियम...मरियम...मरियम...। मरियम की पंखे से झूलती निष्प्राण देह को तो सबने देख लिया था, किन्तु आज जिस दूसरी निष्प्राण देह की अदृश्य केंचुली वह उतारकर टाँग आई है, उसे क्या कभी कोई देख पाएगा?

विवर्त

मैं श्वानिका का च्याला खेलूँनी
मैं के खेलूँ, तेर हाड़?

"मेरी हमउम्र हमजोलियाँ
अपने बेटों को
खेला रही हैं,
मैं किसे खेलाऊँ—
तेरे हाड़ को?"

आज, पुराने कपड़ों के बक्से को ठीक कर रही थी तो 'नेप्थलीन' में रसा-बसा मुझे एक बहुत पुराना पत्र मिला—"गत माह मैंने फिर एक कन्या को जन्म दिया है। पंडितजी ने कहा, मकर राशि, मिथुन लग्न में जन्मी है, इसी से नाम कहा, गंगा, गिरजा, खष्टी, मुझे इन तीनों में से एक भी नाम नहीं जँचा। तू तो कहानी लिखती है, कोई अच्छा-सा नाम लिख भेजना।"

बेचारी हीरा! इस बार उसका दाँव व्यर्थ ही गया था। किन्तु ऐसे दनादन बेटियाँ पैदा करना क्या उसके लिए अच्छा था? मैं ही तो उसे अपने साथ डॉ. खजानचन्द्र को दिखाने ले गई थी, क्षय का तक्षक तब उसकी नन्ही-सी छाती पर बैठा ही था, और जब मेरी ही उपस्थिति में डॉ. खजान ने उससे स्पष्ट शब्दों में कह दिया था कि उसे भविष्य में कठिन संयम से रहना होगा एवं पति का साहचर्य कभी भी उसके लिए घातक सिद्ध हो सकता है, तो वह तो लाल पड़ ही गई थी, मेरे भी कुँआरे कान लज्जा से लाल पड़ गए थे। तब वह दो ही पुत्रियों की जननी बनी थी।

उसके बाद जब भी छुट्टियों में घर जाती तो सुनती, उसने फिर एक

पुत्री को जन्म दिया है। यह लम्बा सिलसिला वर्षों तक चलता रहा, जब भी उससे मिलने जाती, देखती एक कन्या उसकी गोद में है, दूसरी पेट में। पुत्र की कामना को व्यर्थ कर, जब उसकी सातवीं पुत्री ने जन्म लिया तो वह कंकाल-मात्र रह गई थी। मैं सोचती थी, कैसे विवाह करेगी इन सात-सात पुत्रियों का? किन्तु पुत्रियों को ब्याहने में उसे विशेष कष्ट नहीं हुआ, गोरी-उजली गन्धर्व कन्याओं-सी उसकी पुत्रियाँ, जहाँ सत्रह-अठारह वर्ष की होतीं, उनके रूप-गुणों की चर्चा उनके लिए स्वयं रिश्ते ढूँढ़ लाती। सबसे छोटी का नाम मैंने ही धरा था—'ललिता'। उसी के लिए हीरा को सबसे अधिक चिन्ता थी। "तेरे जीजा ने इसे ऐसे सिर पर चढ़ा लिया है कि कहीं से बात आती है, तो कहती है—नहीं, मैं अभी पढ़ूँगी। कितना समझाती हूँ, पढ़ लिखकर क्या नौकरी करेगी? कहती है, हाँ—करूँगी। बाबूजी ने मेरी कुंडली देखकर कहा है, प्रभूत विद्या है मेरे भाग्य में और विदेश-यात्रा का स्पष्ट स्थिर योग है...।"

वही स्थिर योग तो उसे ले डूबा। पिता को वह दैवज्ञ-मार्तंड मानकर ही पूजती थी। विद्या सम्बन्धी उनकी भविष्यवाणी जब पूरी हुई और उसने संस्कृत भूगोल में एम.ए. कर मुझे पत्र लिखा तो मैंने उसे एक बार फिर समझाया—"देख ललिता, यह डबल एम.ए. का युग्म गौरव मुझे तेरे भविष्य के प्रति अखरता है। क्या करेगी इन डिग्रियों का, क्या केवल दूसरे विषय में एम.ए. करने की उत्कंठा तुझे स्वयं अपनी कुंठा को छिपाने का प्रयास नहीं लगता। यदि करना ही था तो संस्कृत के ही किसी शोधकार्य में जुट जाती।"

पर वह मुझसे शायद नाराज हो गई थी। उसने कोई उत्तर नहीं दिया। इसी बीच सुना, हीरा नहीं रही। मैंने जब ललिता को अन्तिम बार देखा, वह इंटर की परीक्षा देकर घूमने अपनी बड़ी बहन के पास नैनीताल आई थी। लम्बी-छरहरी, कराल यष्टि! बरौनियाँ देखकर लगता ही नहीं था कि असली हैं! उनकी स्वाभाविकता मुझे असंदिग्ध लगी, बेचारी लड़की शायद जानती भी नहीं होगी कि अब नकली भवें भी खरीदी जा सकती हैं। उसकी कांचन देह से भी अधिक आकर्षक थी उसके हृदयाकार चेहरे की निर्दोष छवि। उसकी उसी छवि से मुग्ध होकर, मैंने जीजाजी को उसके लिए अपने भतीजे का रिश्ता भी भेजा था, किन्तु लौटती ही डाक से मेरा प्रस्ताव उस मूर्ख लड़की के पान के पत्ते-सा फेर दिया था। आज वही सुपात्र एक मल्टी-नेशनल कम्पनी में बादशाह-सी शानोशौकत से नौकरी कर रहा है। मुझसे बार-बार

क्षमा माँगकर जीजाजी ने लिखा था—उसका प्रारब्ध ही शायद उसे ऐसा जिद्दी बना गया है। यह रिश्ता फेरने में मुझे मृत्यु तुल्य कष्ट हो रहा है, पर उसे भी कैसे दोष दूँ।

"धारा नैव पतंति चातक मुखे मघस्य कि दूषनम्
यत्पूर्व विधिना ललाट लिखितं तन्मार्जित कः क्षमः?"

तब क्या जीजाजी ने पुत्री के ललाट लिखित प्रारब्ध को बाँच लिया था?

दूर सम्पर्क की उस ममेरी बहन का विस्मृत चेहरा, इतने वर्षों बाद उसका पत्र हाथ में लेते ही फिर आँखों में तैर उठा। जिसने भी उसका नाम धरा, ठीक ही धरा था। स्वभाव से, रूप से, वह सचमुच हीरा थी। दुबली, पतली, नाजुक हीरा का विवाह हुआ तो शायद सोलह की भी नहीं थी। नथ पहनने के अदना उत्साह में अपनी सुतवाँ नाकिस में टोंका के चिह्न को बड़ा कराने वह मेरे पास आई थी। मैंने ही मयूरपंख की डंडी को तराशकर, उसकी नाक में पहना, जलबिन्दु से डंडी को सिक्त किया था, जिससे फूली डंडी से छिद्र बड़ा हो जाए और मेरी अंतरंग बाल्यसखी अनायास ही, अपने विवाह के दिन नथ पहन ले। जब कन्यादान के गोठ में उसके विवाह का सोहाग गाया जाने लगा—'मेरी नानी रानी माँगे सोहाग बड़ेला'—तो मुझे लगा स्वयं मेरा ही एक अंग धीरे-धीरे मुझसे विच्छिन्न हो रहा है। इसके बाद वर्षों तक मैं उससे नहीं मिल पाई, पर सातवीं पुत्री के जन्म की सूचना देकर, उसने मुझे नाम धरने का आग्रह किया तो मैंने भुन-भुनाकर उसे लिखा था—"क्या दर्जन पूरे करने का इरादा है? अब बस भी कर..." मैं क्या जानती थी कि मेरा कहना वह इतनी जल्दी मान लेगी। वही ललिता उसकी ओछन-पोंछन रही। फिर वर्षों बाद, अचानक ललिता मुझे अल्मोड़ा में मिली। हीरा की मृत्यु के बाद, उस परिवार से मेरा सम्बन्ध ही टूट गया था।

एक मोटा खुरदरा काला शाल ओढ़े, वह कपड़े की दूकान से खरीदारी कर बाहर निकल रही थी। बेहद ठंड थी, तीन दिन लगातार बर्फ पड़ने के बाद, हवा की तीखी धार को, सनकी मौसम ने जैसे पत्थर पर घिसी छुरी-सा तेज बना दिया था, इसी से शायद उसने नाक-मुँह भी शॉल का बुर्का-सा बना ढाँप लिया था। गोरी अँगुलियों की दमक और चौड़े माथे की चमक देखकर ही मैं प्रभावित हुई थी। पूर्व परिचय का न सूत्र था, न छोर। हाथ का बंडल नीचे रख वह अपना भोंड़ा महीन छाता खोल ही रही थी कि मैं

ठिठक गई। भगवान, हीरा तो मर-खप गई थी, यह क्या उसका भूत है। मैं बड़ी अशिष्टता से उसे आँखें फाड़, घूर-घूरकर देख रही थी, यह मैं स्वयं ही भूल गई। मेरी अशिष्टता उसे बाद में अखरी। उसके अत्यन्त रूखे प्रश्न का चाँटा मुझे सहसा तिलमिला गया।

"कहिए—ऐसे क्या देख रही हैं—मुझे तो स्मरण नहीं पड़ता, मैंने आपको कहीं पर..." एक झबरी अयालवाले लद्दू घोड़े की लगाम थामे एक भोटिया कुली उसकी पड़ताल कर रहा था। मैं फिर ठिठककर उसका अश्वारोहण पूर्ववत् देखने लगी। उसने अपने हाथ के बंडल सईस को थमाए, शॉल को फिर सौराष्ट्री ग्रामीणों की भाँति सिर, कान, नाक पर लपेटा और अनुभवी अभ्यस्तता से धड़ाक से घोड़े पर सवार हो गई। साड़ी घुटनों तक उठ जाने की जैसे उसे कोई चिन्ता नहीं हुई। दक्ष हाथों लगाम थाम, वह ऐंड़ लगाने को ही थी कि मैंने लपककर उसे एक बार फिर रोक लिया। 'सुनो', मैंने कहा, "तुमसे कुछ पूछना है।"

इस बार वह फनफनाई नागिन-सी बिफर उठी—"क्यों परेशान कर रही हैं? क्यों पीछा कर रही हैं मेरा—कहा न मैंने—दफ्तर में आइए...।" मैंने हँसकर पूछा—"क्या तुम हीरा की लड़की हो?" एकाएक उसका कठोर चेहरा माँ का नाम सुनते ही बदल गया—"तुम हीरा की लड़की ललिता हो क्या?"

"आप, अम्मा को जानती थीं? आपने मुझे कैसे पहचान लिया?" वह चट से घोड़े से उतर मेरे सम्मुख खड़ी हो गई।

"क्या भूल गई? जब इंटर की परीक्षा देकर तुम मुझे अपनी बहन के साथ फ्लैट पर मिली थी?"

"हाय, कितनी मूर्ख हूँ मैं। पर आप भी तो कितना बदल गई हैं। असल में जब आपको देखा था..." कहकर फिर स्वयं ही खिसियाकर चुप हो गई।

मुझसे ही कह रही है ललिता...'जब किसी ललाट से बिन्दी, कंठ से मंगलसूत्र और कलाइयों से चूड़ियों का अस्तित्व विलीन हो जाता है तो फिर वह चेहरा भी सहज में पकड़ में नहीं आता।' "क्यों? अब यह बताओ तुम क्या कर रही हो, जीजाजी कैसे हैं?"

"मैं अब हेडमिस्ट्रेस हूँ। मौसी, बाबूजी ठीक हैं। बीच-बीच में उनका पुराना श्वास उमड़ आता है।" फिर उसकी बारी थी। वह हँस-हँसकर मुझसे प्रश्न पूछती जा रही थी, और एक-एक प्रश्न के साथ-साथ उस मनहूस शॉल से भ्रामक बन गई उसकी वयस के एक-एक वर्ष जैसे घटते जा रहे थे। यह

तो सोलह वर्ष की हीरा ही जैसे पान खाकर मेरे सम्मुख खड़ी, अपनी नुकीली जीभ निकालकर पूछ रही है—"खूब लाल हो गई ना? दो ही पान खाकर आई है। अभी जानती है--कुंती बुआ क्या कहती है? प्यारी को पान, कुँआरी को मेंहदी, गोरी को काजल, काली को बेंदी।"

"अच्छा, तो तेरा दूल्हा तुझे खूब प्यार करेगा? यही कहना चाहती है ना?"

"चल हट!" उसने मुझे शरमाकर धकेल दिया था। "मौसी, मैं आज रात अपनी एक अध्यापिका के यहाँ रुकूँगी, कल सुबह की बस से जाऊँगी।"

"चलिए ना मेरे साथ, बाबूजी आपको देखकर कितना खुश होंगे। जागेश्वर के दर्शन भी कर लेंगी।"

मैं जानती थी।

जागेश्वर मन्दिर का शीर्ष हीरा के बरामदे से दीखता था, ब्रह्मकुंड से एक पतली सर्पिल पगडंडी ठीक उसके घर तक पहुँचती थी।

"ठीक है, चलूँगी ललिता। सुबह मुझे यहीं से साथ ले लेना, अब तू देर मत कर। सुना है, अब अल्मोड़ा की सड़कें भी निरापद नहीं रह गई हैं!" संध्या छह बजे से ही नशे में मत्त मदालस युवकों का उन्मत्त आचरण स्वचक्षुओं से देख, मैं कई बार मन-ही-मन क्षुब्ध हो उठी थी। क्या यह वही अल्मोड़ा है, जहाँ बीस वर्ष पूर्व गृह का तरुण पुत्र, बिना पिता की आज्ञा के कान में यज्ञोपवीत डाले, लघुशंका से भी निवृत्त होने की धृष्टता नहीं कर सकता था?

दूसरे दिन वह तड़के ही मुझे लेने आ गई थी। "तेरा चेतक?" मैंने हँसकर उसे छेड़ा। पहले वह नहीं समझी, फिर ठठाकर हँसी, "वह हमारे जाने तक वहाँ पहुँच चुका होगा, मैंने सईस से कह दिया है, वह एक और घोड़ा मँगवा लेगा—घर तक बेहद तीखी चढ़ाई है।"

"तब सुन," मैंने कहा, "कैसी भी तीखी चढ़ाई हो, मैं उस डेढ़ फुटे खच्चर पर नहीं चढ़ूँगी।"

बस पहुँची तो धूप निकल आई थी। पनुआनौला से जागेश्वर तक की भव्य वीथिका मुझे संसार की अब तक देखी सब वीथिकाओं से सुन्दर लगती है। चारों ओर अद्भुत निस्तब्धता, देवद्रुमों की हिमशीतल बयार का स्निग्ध स्पर्श जैसे कोई रह-रहकर माथे, कपोल, स्कन्धों पर आईसबैग रख रहा

हो—झींगुर की लयबद्ध झंकार और कदम-कदम पर दिव्य प्राचीन भग्न मन्दिरों की भव्य झाँकी।

"वह रहा हमारा मकान, जहाँ छत पर कद्दू सूख रहे हैं।"...उसने बड़े उत्साह से चाल और तेज कर दी, पर मेरा एक-एक पैर मन भर का हुआ जा रहा था।

उन व्यर्थ सूखते विराट् कद्दुओं का इतिहास स्वयं उसके बाबूजी ने ही बताया था। हम पहुँचे तो गृहस्वामी एक धोती पहने अपनी नंगी पीठ को एक लंबी पेंसिल से खुजा रहे थे।

"बड़ी देर कर रही हो बेटी, मैं तो सोच रहा था कल शाम ही आखिरी बस से लौट आओगी।" उन्होंने शायद पहले मुझे नहीं देखा, फिर अचकचाकर उठे और खूँटी पर टँगा कुर्ता पहनकर एक बार मुझे और एक बार ललिता को देखने लगे—जैसे पूछ रहे हों, ये किसे ले आई।

मैं खड़ी ही थी। "क्यों? बैठने को नहीं कहेंगे जीजाजी?" मैंने हँसकर कहा, "कभी तो आपने मुझे उठाकर मुँह में धरने की इच्छा प्रगट की थी! अभी भी नहीं पहचाना?"

एकाएक उनके क्लान्त चेहरे पर जैसे डूबते सूर्य की समग्र लालिमा उतर आई—"कैसा मूर्ख हूँ मैं! पर दोष क्या मेरा है? आज शायद पैंतीस साल बाद देख रहा हूँ आपको—अहोभाग्य! अहोभाग्य!! आपने आज इस दीन की कुटिया को पवित्र तो किया! जा बेटी, जल्दी चाय का पानी तो चढ़ा दे।" अनेक वर्षों की संचित स्मृतियों ने सहसा कलेजा मरोड़ दिया।

अप्सरा-सी सुन्दरी, कामदार लहँगे-दुपट्टे में गठरी बनी सप्तपदी की अवसन्न धूम्ररेखा से घिरी, नौशे के पास बैठी, दही-बताशा खाने, मुँह ही नहीं खोल रही थी—'मानसून' के परिवेश से सब सयाने, कुमाऊँ के कठोर अनुशासन के चाबुक से भीतर खदेड़ दिए गए थे, रह गए थे वृद्ध पुरोहित, नौशे के कुछ मित्र और बन्नी की सखियाँ। चुहल चुटकियों का बाज़ार गर्म था। नौशा विवश दृष्टि से बार-बार अपने एक जूते को देख रहा था, दूसरा मनचली सालियों ने छिपा दिया था। अब कैसे उठेगा एक जूता पहनकर!

तब ही पंडितजी का आदेश पाकर वह सहमे-डरे हाथों से दही-बताशे का कौर नववधू के मुँह की ओर ले गया और उसने लजाकर घुटनों में मुँह छिपा लिया।

"अरी खा ले, बहुत सजीला दूल्हा मिला है तुझे?" मैंने उसके कान में

कहा, नौशा कौर हाथ ही में लिए ऐसा गम्भीर बना बैठा था, जैसे मुँह में दाँत ही न हो! शायद उसने मेरी फुसफुसाहट सुन ली थी। सहसा उसने मेरी ओर बढ़ा दिया था, "मैं इतना ही पसन्द हूँ तो तुम खा लो ना, यह तो मुँह खोलती ही नहीं।"

किन्तु वर पक्ष के उसके उद्दंड छोकरे मित्रों की हँसी मुझे अपदस्थ नहीं कर पाई, "मैं तो खा ही लूँगी," मैंने गम्भीर स्वर में कहा, "पर आपको जवाबी कौर मैं क्या खिलाऊँगी?"

"अजी, हमारी चिन्ता मत करो–तुम्हें देखकर हमारी लार कब से टपक रही है। साली साहिबा, तुम्हें उठाकर मुँह में धर लेंगे।" और फिर उस चुभती जवाबी चुटकी का उत्तर मैं नहीं दे पाई थी! आज इतने वर्षों पश्चात् अपने इसी रसिक जीजा की आपादमस्तक बदल गई छवि देखकर कंठ में गहर-सा अटक गया।

कहाँ गया उस दीर्घांगी देह का पीताभवर्ण, घने काले केशों की सघन छाया में दपदप दमकता चौड़ा माथा और लड़कियों-सी लजीली हँसी से विलसित लाल,अधरों की संयमित परिहास पगी अद्भुत छटा! दोनों कपोल भीतर निमग्न होने से पूरा चेहरा ही बदल गया था। चौड़े कन्धे सिमटकर सिकुड़ने से पीठ झुक गई थी, कंकाल-सी देह पर, कुर्ता पहनने से पूर्व मैं उनकी पसलियों के ढाँचे को स्पष्ट देख चुकी थी। मैंने कमरे की दीवारों पर दृष्टि फेरी, न जाने कितने वर्षों के कैलेंडर-तसवीरों से दीवार भरी थी।

"बेटी ललिता, तू मौसी के पास बैठ, मैं अभी आया," कहकर वे उठे, कोट पहना और झोला लेकर बाहर निकल गए। मैं समझ गई कि बेचारे मेरे ही लिए जलपान की सामग्री जुटाने तीर-सा निकल गए हैं। ललिता चौके में चाय का पानी चढ़ाने गई तो मैं उठकर दीवारों पर लटकी तसवीरों में अपनी विस्मृत सखी के चेहरे को ढूँढ़ने लगी। एक ही कतार में ललिता की छह बहनों के पति सहित चित्र लगे थे, अपनी इन सुन्दरी दुहिताओं के अनुरूप वर जुटाने में जीजाजी को विशेष प्रयत्न नहीं करना पड़ा होगा। मैं उन्हें देख ही रही थी कि ललिता आ गई।

"मौसी, अपनी फोटो देखोगी? माँ के साथ आपकी भी एक तसवीर लगी है बाबूजी के कमरे में।"

"मेरी कौन-सी तसवीर है री? मैंने तो कभी हीरा के साथ तसवीर नहीं खिंचवाई।"

"वाह, खिंचवाई कैसे नहीं, चलिए दिखा दूँ।" स्टूल पर चढ़कर एक धूल-गर्द से धूमिल तसवीर निकाल, आँचल से पोंछ-पोंछ, उसने मुझे थमा दी।

"ओह, मुझे तो इसकी याद नहीं थी, तेरे बाबूजी ने ही तो हम दोनों की यह तसवीर खींची थी।" अपनी इस विचित्र सज्जा को देख मुझे स्वयं हँसी आ गई। एक-सी मखमली बेल लगी जार्जेट की साड़ी के साथ हम दोनों ने एक ही से काले साटन के ब्लाउज सिलवाए थे, उन दिनों की प्रचलित चुन्नटदार बाँहें, कमर में इलैस्टिक की चुस्ती और गले में झालर। दाड़िम के पेड़ के नीचे एक-दूसरे के कन्धे पर हाथ धरे हम दोनों खड़ी थीं। दाड़िम के फूलों से लदी डालियाँ जीजाजी ने खूब झकझोर दी थीं और झर-झरकर, डमरू-से लाल-लाल पुष्प हमारे कन्धे, माथे, कान पर स्वयं लुभावने लोलक बन लटक गए थे।

"वाह, अब तुम दोनों वनदेवियाँ-सी ही लगोगी इस तसवीर में! अब मुस्कराओ तो जरा—एक, दो, तीन..." और प्रथम यौवन की वह चिन्ताहीन, उन्मुक्त निर्दोष हँसी अविकल आज भी उस धुँधली पीली पड़ गई तसवीर में ज्यों-की-ज्यों धरी थी।

"अच्छा, वही तसवीर दिखा रही है मौसी को।" हाथ के कागज के दो-तीन पूड़े ललिता को थमाकर वे बोले, "खूब बढ़िया चाय बनाना ललिता, तेरी मौसी को मसाले की चाय और वेदा होटल की दाल-मोठ बहुत पसन्द है।" उनके सुदर्शन चेहरे की झुर्रियाँ सहसा उद्भासित हो उठीं।

मेरा वेदनाक्रान्त अपराधी मन खिसिया गया। जिस स्नेही व्यक्ति को आज भी यह याद है कि मुझे वेदा होटल की दाल-मोठ और मसाले की चाय बहुत पसन्द है, अपने सुखी-समृद्ध जीवन के बीच क्या कभी एक क्षण भी मुझे इसकी याद आई? उनकी पुत्रियों के विवाह के मैंने औपचारिक उत्तर भी दिए, शगुन के मनीऑर्डर भी भेजे। हीरा की मृत्यु का राम-स्मरण अंकित कोने से चिरा पोस्टकार्ड भेजने में भी उन्होंने तत्परता बरती, पर उसके उत्तर में, क्या मात्र औपचारिक संवेदना देने ही का रिश्ता था मेरा?

"अच्छा हुआ, आज ललिता आपको यहाँ खींच लाई...।"

"सुनिए जीजाजी, आप 'आप' कहकर और दंड न दीजिए मुझे। मैं स्वयं लज्जित हूँ। जानती हूँ मुझसे बहुत बड़ा अपराध हुआ है, इतने वर्षों में आपको एकदम ही भूल गई। पर आप 'आप' न कहें मुझे।" मेरा गला रुँध गया।

"नहीं-नहीं, कैसी बात कर रही हो, तुम्हें दोष कैसे दूँ—हीरा के साथ ही मेरे सब रिश्ते खत्म हो गए। अब क्या अपने लिए जी रहा हूँ? भगवान् ने सबको पार लगा दिया, यही बची है। इसके लिए भी कई रिश्ते आ रहे हैं, पर क्या बताऊँ तुम्हें! अपनी बहनों जैसी यह नहीं है। वे बेचारियाँ तो जहाँ गाय-सी बाँधीं, वहीं बिना मीन-मेख निकाले बँध गईं। यह हर रिश्ता फेर देती है, कहती है, जब मेरा मन सन्तुष्ट होगा तब ही विवाह करूँगी, अब तुमसे क्या छुपाऊँ?" वे मेरे पास खिसक आए। "एक बड़ा पहुँचा गढ़वाली पंडित मेरा मित्र है, ऐसा दिग्गज तान्त्रिक कि जो अनुष्ठान हाथ में ले, वही सफल। उसी से मैंने इस नवरात्रि में पुरश्चरण करवाया है। कहता है, स्वयं लड़की आकर तुमसे कहेगी—बाबू, मेरी शादी कर दो..."

"क्या, मेरी बुराई कर रहे हो बाबूजी?" ललिता हाथ में चाय-नाश्ते की ट्रे लेकर हँसती हमारे बीच खड़ी हो गई। उसके उत्फुल्ल कमनीय चेहरे की स्निग्ध हँसी देख मैं मुग्ध हो गई। चौके में जाकर, वह अपना मनहूस शॉल, जूते-मोजे, मफलर शायद उतारकर रख आई थी। लड़की यदि स्वयंवरा बनी भी थी तो उसने कोई अन्याय नहीं किया था। अपने रूप यौवन के अनुरूप जीवन सहचर न मिलने पर, उसे यदि जीवन-भर भी अम्लान पुष्पहार लिए राजपुत्रों की प्रतीक्षा में भटकना पड़े तो कोई दोष नहीं था।

उस दिन उसके दरिद्र परिवेश में भी जितनी ही बार मैं उसे देख रही थी, तेजोमय अष्टभुजा का-सा वह तेज मुझे उतनी ही बार निर्वाक् कर दे रहा था।

"यो माँ जयति संग्रामे यो मे दर्प व्यपोहती
यो मे प्रतिबलो लोके, स मे भर्ता भविष्यति"

दो

"तू तो इत्ती-सी लगती है, हेडमास्टरनी बनकर, अपने स्कूल की मास्टरनियों को सँभाल भी पाती है या नहीं!" मैंने हँसकर पूछा। उसने तो सिर झुका लिया, पर जीजाजी कहने लगे, "अजी, पूछो मत, सुना थर-थर काँपती हैं इससे सब! मजाल है जो इसके स्कूल की लड़कियाँ कोई ऐसा-वैसा कपड़ा पहन तो लें। सलवार के पाँयचों की चौड़ाई तक इंचटेप से नापती है यह!"

प्रत्येक कमरे की सुघड़ स्वच्छ छटा में, निश्चय ही उसके हस्ताक्षर थे। न कोई अव्यवस्था, न कहीं एक कण धूल का। कोने में कतार पर धरे बक्सों को, एक ऊँचाई में साध उनका जंग लगा कलेवर अदृश्य कर, उसने दर्शनीय दीवान का रूप दे दिया था। रसोई में गई तो देखा, चमकते बर्तनों को यथास्थान सजाया गया था। साफ-सुथरी मसालों से भरी शीशियाँ एक कतार में, एक ऊँचाई में कवायद में तने फौजियों-सी खड़ी थीं। वह फिर मुझे अपने कमरे में ले गई। इस आडम्बरहीन ग्राम से, शायद उसने कभी कदम भी बाहर नहीं रखा होगा, फिर भी अत्याधुनिक लटके इसने, क्या पत्र-पत्रिकाओं से ही देखकर अपने कमरे की सज्जा में उतारकर रख लिए? एक कोने में एक तख्त पर ही उसका बिस्तर लगा था। दीवाल पर हुसेन की 'झूला' की अविकल अनुकृति देखी तो मैं चौंक उठी।

"यह हुसेन के 'झूला' का रिप्रिंट है ना?"

"रिप्रिंट नहीं है मौसी, मैंने देख-देखकर बनाया है।"

"कहाँ सीखा तूने यह सब?" मैंने आश्चर्य से पूछा।

"सीखा कहीं नहीं, मुझे अच्छा लगता है, एक बार बाबूजी से कहा भी था—मुझे शान्तिनिकेतन भेज दीजिए—मौसी ने भी तो पढ़ा है वहाँ, पर माने कहाँ! और भी कई बनाई हैं मैंने, देखोगी मौसी?" वह अलमारी से पूरा बंडल निकाल लाई। उसकी रुचि एवं प्रतिभा देखकर मैं दंग रह गई।

अभी, एक ऐसे ही कला-प्रवंचक के विषय में पढ़ा था, जो अपनी जादूगरी अँगुलियों से तेरहवीं-चौदहवीं शताब्दी की, कलात्मक कृतियों की हूबहू नकलों से, देश-विदेश के प्रख्यात कलामर्मज्ञों को झाँसा दे, सैकड़ों चित्रों को, तेरहवीं-शताब्दी के मौलिक चित्र बता, बेचकर लाखों रुपया कमा चुका है। मैंने एक बार फिर उसके निर्दोष निरीह चेहरे को देखा—सच कहती हूँ, उद्धत यौवन की एक ऐसी निर्मम हत्या मैंने इतिपूर्व कभी नहीं देखी। अनाकर्षक ढंग से लपेटी गई साड़ी, जिसके आँचल में वह प्रत्येक कार्य को निबटा, हाथ पोंछ झाड़न का काम ले रही थी, पूरी बाँह का ठेठ पहाड़ी सलूका, जिसकी अनाड़ी सिलाई में किसी देहाती ढोली दरजी के बेतुके हस्ताक्षर स्पष्ट दिख रहे थे, मनहूस भूरे रंग की मर्दानी जैकेट, जिसे शायद उसने अपने पिता के पुराने कपड़ों से निकालकर पहन लिया था। लम्बे घने केशों को कंघी का चाबुक मार-मारकर उन्हें बरबस सीधा कर, एक अनाकर्षक टेढ़े जूड़े में बन्दी बनाया गया था, फिर भी कुछ अबाध्य लटें, ललाट पर आई थीं। हाथ के

बिने मोजों में, विभिन्न स्वेटरों की बची-खुची बेमेल बहुरंगी ऊनों का कार्डराय, किसी संतुलित सज्जा का संकेत भी नहीं दे रहा था। अब तक, लगभग वैसा ही एक सतरंगी मफलर, वह बड़ी उदासीनता से लपेटे थी, फिर भी शिव के कंठ में लिपटे भयानक सर्प-सा ही वह उसकी पतली सुडौल ग्रीवा को मंडित ही कर रहा था—जूते उतारकर उसने कोने में धर दिए थे।

"क्या, इन बूटों को किसी फौजी से आधे दामों में खरीद लाई है री, ललिता?" मैंने पूछा तो वह हँसने लगी, "देख तो रही हो मौसी, हमारे घर तक कैसी भयानक चढ़ाई है! कैसी ही मजबूत चप्पलें क्यों न हों, दो दिन भी नहीं चलतीं, इसी से पिछली बार प्रैक्टिकल इम्तिहान लेने टनकपुर गई तो वहाँ से खरीद लाई, पैर भी बच जाते हैं और मोजे भी।"

"यह तो देखकर ही लग रहा है कि टनकपुर से खरीदे हैं," मैंने हँसकर कहा, "पर तेरे ये मोजे तो न बचते तो अच्छा था।"

"क्या कहूँ, समझा-समझाकर हार गया हूँ इसे।" जीजाजी का करुण स्वर सुन मैं चौंकी। न जाने कब वे दबे पाँवों आकर, हमारे पीछे खड़े हो गए थे।

"न जाने कैसे-कैसे कपड़े पहन लेती है। इसकी माँ को पहनने-ओढ़ने का कैसा शौक था, तुम्हें पता ही है। मजाल है जो दिन-भर एक ही साड़ी पहनने पर भी, आँचल में एक शिकन तो पड़ जाए। और एक यह है, न पहनने-ओढ़ने का कोई शौक, न खाने-पीने का। मैं न होता तो शायद यह डबलरोटी खाकर ही दिन काट लेती। कई बार कह चुका हूँ—बेटी उम्र से पहले ही क्यों बुढ़ा रही है? कुछ ढंग के कपड़े ही बना ले। पर न यह सुनती है, न भगवान। हर साल इसकी बहनें आती हैं तो कह जाती हैं—बाबूजी, पाँच-सात कद्दू सूखने जरूर डाल देना छत पर; क्या पता इसी साल ललिता की शादी कहीं पक्की हो जाए!..."

"अच्छा, तो तब ही पीले कद्दू सूख रहे हैं छत पर!" मैंने हँसकर म्लानमुखी ललिता को हँसाने की चेष्टा की, पर शायद पिता की बेसुरी शहनाई अच्छी नहीं लग रही थी, वह 'बूँदे पड़ने लगी हैं, कपड़े उठा लाऊँ' कह बाहर चली गई।

"तुम तो बहुत लोगों को जानती हो, कभी कोई अच्छा घर-वर देखो तो इसका ख्याल रखना", जीजाजी ने धीरे से कहा।

किन्तु, मुझे उसके लिए फिर घर-वर नहीं देखना पड़ा जीजाजी के गढ़वाली तान्त्रिक का पुरश्चरण व्यर्थ नहीं गया, अच्छे घर-वर ने उसे स्वयं ही ढूँढ़

लिया। दूसरे ही महीने जीजाजी की चिट्ठी आई—'ईश्वर ने मेरी सुन ली, जैसा राजपुत्र-सा वर ललिता चाहती थी, वैसा ही उसे मिल गया—वर पक्ष का आग्रह था कि विवाह चार ही दिन में निबटा लिया जाए, क्योंकि लड़का पिछले चौदह वर्षों से विदेश में है। महीने भर की छुट्टी में स्वदेश आया, छुट्टियाँ लगभग खत्म हो चुकी थीं, तब ही उसने ललिता को मेरी बहन के यहाँ देखा और पसन्द कर लिया। तुम्हें क्या, किसी को भी सूचित नहीं कर सका। विवाह के दूसरे ही दिन लड़का विदेश चला गा। ललिता यहीं है। तुम तो जानती ही होगी, अब सुना है, विदेश जाने में बीसियों अड़ंगे लगने लगे हैं। जब इसे वीसा मिलेगा, तब ही जाएगी। सोचा, तुमसे क्षमा माँग लूँ, तुम्हें निमंत्रण भी नहीं भेज सका। पर ललिता बहुत प्रसन्न है, यही सुनकर शायद तुम मेरा यह अपराध क्षमा कर दो।'

मैं बार-बार यही सोच रही थी कि जिस विवर्ण-जीर्ण पोटली में वह अपना यौवन बन्द रखती थी, उसके प्रवासी नौशे ने उस पोटली के भीतर छिपे, उस अद्वितीय रत्न को देख कैसे लिया? बीस कदम के फासले से भी जिसे मेरी अनुभवी दृष्टि ने प्रौढ़ा ही समझा था, उसे उसने पहली बार देखा कैसे होगा? हो सकता है, किसी आरक्षित क्षण में, उसने अपने शॉल, गुलूबनन्द, जूते-मोजों का जिरह-बख्तर उतारा होगा और वही क्षण, उसके सौभाग्य के अवरुद्ध कपाट को खोल गया होगा। इसके बाद महीनों तक मुझे उसका कोई समाचार नहीं मिला। फिर एक दिन अचानक दिल्ली के कॉटेज एम्पोरियम में अनेक भारी बादामी लिफाफों से लदी-फदी वह मुझे दिख गई।

"अरे, मौसी आप?" उसने कहा तो मैं उसकी आपादमस्तक परिवर्तित भुवनमोहिनी छवि को देखती ही रह गई। पारदर्शी अग्निवर्णी लाल कोट की साड़ी में, ज्वलंत शिखा-सी दमकती वह मेरे सम्मुख खड़ी थी।

"ऐसे क्या देख रही हो मौसी, बहुत बदल गई हूँ क्या?"

मैं कैसे कहती कि, जिस यौवन की असमय ही अस्तगामी सूर्य की-सी म्लान आभा, उस दिन पहली बार अलमोड़ा के बाजार में देखी थी, उसकी द्विप्रहरी प्रखर किरणें आज मेरी आँखें चौंधिया रही थीं।

"आइए मौसी, चलिए वहाँ बैठकर एक प्याला चाय पिएँ," मुझे एक प्रकार से हाथ पकड़कर वह संलग्न रेस्तराँ में खींच ले गई। उसके शरीर से आती मदिर मादक सुगन्ध, कलाई की स्वर्ण मंडित घड़ी, आँखों की सज्जा, मोहक अधरों की प्रगाढ़ लालिमा, चौकोर बटुआ, मेज पर धरे डार्क ग्लासेज़,

और पेंसिल-सा कृशकाय छाता, सब ही में तो विदेशयात्रा की स्पष्ट छाप थी। लग रहा था, लड़की अभी-अभी विदेशी ससुराल से लौटी है। हठात् मुझे एक वर्ष पूर्व की उसकी एकदम विपरीत अनाकर्षक सज्जा का स्मरण हो आया, जब चक्की के पाट-से मर्दाने जूतों से ठकाठक, झपताल का-सा ठेका बजाती, हाथ में पैबन्द लगा मर्दाना छाता थामे, वह ऐसे ही पैकेटों से लदी-फदी मेरे सम्मुख तनकर पूछने लगी थी—"ऐसे क्यों देख रही हैं? मुझे तो स्मरण नहीं पड़ता आपको पहले कहीं देखा है!"

आज, जी में आ रहा था, मैं उससे कहूँ—"ऐसे क्यों देख रही हो? मुझे तो स्मरण नहीं पड़ता, तुम्हें पहले कहीं देखा है!"

"क्यों, हनीमून के लिए विदेश गई थी क्या?" मैंने हँसकर पूछा।

एकाएक उसका उत्फुल्ल चेहरा म्लान हो गया, "नहीं मौसी, अब जाऊँगी, उनकी चिट्ठी आई है, वहाँ अपने किसी मित्र से मेरे वहाँ आने का स्पांसर कराएँगे, अभी कुछ समय लगेगा। आप जो जानती ही होंगी—विदेश जाना अब उतना सहज नहीं रहा।"

"एक बात बता ललिता, तू तो कहती थी, विवाह करेगी ही नहीं, फिर?" मैंने पूछा।

उसके आरक्त चेहरे ने, सहसा उसकी विदेशी लिपा-पूती को, अपनी स्वाभाविक लालिमा से व्यर्थ कर दिया, "उन्होंने मुझे बुआजी के यहाँ देखा, और वहीं पसन्द कर लिया। यही नहीं, मुझसे एकान्त में वहीं प्रस्ताव रख, वहीं उत्तर माँगा। पहले मैं घबड़ा गई, मेरे लिए आज तक जितने रिश्ते आए थे, सब बाबूजी ही के पास आए थे। मैंने तब तक एकान्त में, किसी पुरुष से बात तक नहीं की थी। कहने लगे—यदि जीवन-सहचर पसन्द हो तो हाँ या ना कहने में समय नहीं लगना चाहिए। जैसे, मैंने तुम्हें देखते ही दृढ़ निश्चय कर लिया था कि ईश्वर ने इसे मेरे ही लिए गढ़ा है, ऐसे ही मुझे एक ही दृष्टि में देखा, मेरे गुण-दोष परख, तुम भी अपना निर्णय इसी क्षण ले लो...और मैंने ले लिया।"

"जीवन का ऐसा महत्त्वपूर्ण निर्णय, वह भी तुम जैसी आपखुद लड़की ने कैसे ले लिया? क्या तुमने यह निर्णय, पात्र को देखकर लिया या उसकी समृद्धि को देखकर?" अपनी बड़ी-बड़ी भूरी निष्कपट आँखों से, उसने बड़ी निर्भीकता से मेरी ओर देखा—और, किसी भोली बालिका के-से निर्दोष स्मित से उसका पूरा चेहरा उद्भासित हो उठा—"मैं सच कहती हूँ मौसी, मेरी जगह

यदि आप होतीं तो आप भी शायद यही निश्चय लेतीं। न जाने उसके किस पक्ष के सम्मोहन ने मुझे उस दिन अवश कर दिया, जैसा विद्वान्, वैसा ही विनम्र, जितना ही गम्भीर, उतना ही विनोदी। जितनी ही बार उन्हें देखती, स्वयं अपनी हीनता मुझे कुंठित कर देती। मुझमें था ही क्या जो उन्होंने मुझे पसन्द कर लिया।"

"पगली", मैंने उसके हाथ को थपथपाया, "तू स्वयं अपने इस दिव्य व्यक्तित्व के प्रति अचेतन है, और यही तेरा सबसे बड़ा आकर्षण है। चल, जीजाजी तो खुश हैं ना?"

"बेहद। बाबूजी से मैंने जब कहा कि मुझे कोई आपत्ति नहीं है, आप वाक्यदान कर दें तो बौरा-से गए। हमारी हालत तो तुमसे छिपी नहीं है। बाबूजी ने पहले ही स्पष्ट कर दिया था कि वे केवल कुश और कन्या ही देने की स्थिति में हैं। उनकी एक ही शर्त थी कि उनके बारातियों की खातिर में कोई कसर न हो, उसका प्रबन्ध बाबूजी ने कर दिया था। हलद्वानी में, बुआजी के यहाँ से ही सब कुछ हुआ, इने-गिने दस बाराती और एक पुरोहित लेकर वे लोग आए। बाबूजी कह रहे थे—दो दिन पहले अपने दाँत तुड़ाने में

जितना समय लगा था, उससे भी कम समय में, तेरे कन्यादान से मुक्त हो गया मैं..."

"लगता है, विदेश से तेरा दूल्हा खूब उपहार भेजता है। क्यों?" मैंने पूछा।

उसने लजाकर सिर झुका लिया, "उनकी एक ममेरी बहन वहीं रहती हैं। पाँच वर्षों बाद अभी-अभी लौटी हैं, उन्हीं के हाथ बहुत कुछ भेजा था।"

"वह तो देख ही रही हूँ," मैंने हँसकर कहा।

"अब तो भगवान ने तुझे मेम साहब बना ही दिया है, कब तक हेडमास्टरनी बनी रहेगी—छोड़ इस बेहूदी नौकरी को।"

"मैंने भी यही सोचा था, पर बाबूजी कहते हैं जब तक जाने का कुछ निश्चित नहीं होता, नौकरी मत छोड़। परसी थाली और लगी-लगाई नौकरी में कभी ठोकर नहीं मारनी चाहिए—जब चाहो, लम्बी छुट्टी तो ले ही सकती हो। सब छुट्टियाँ तो पड़ी हैं। मैंने छुट्टी ली ही कब है!—"

ठीक ही तो कह रही थी बेचारी, उसके नीरस जीवन में, अवकाश के मधुर क्षण आए ही कब थे? मैं चुपचाप उसे देखती रही। एक नवीन अभिज्ञता मुझे बार-बार झकझोरने लगी, मानस की पंक्तियों का ब्रह्मसत्य एक बार फिर

उस अभिज्ञता को पुष्ट कर गया।

"जल बिनु मीन नदी बिनु वारी।
ऐसेहु नाथ पुरुष बिन नारी ॥"

इसमें कोई सन्देह नहीं कि पुरुष के बिना नारी अधूरी ही रहती है। उसके व्यक्तित्व का, उसके सौन्दर्य का, उसके नारी सुलभ सौष्ठव का पूर्ण विकास पुरुष के स्पर्श से वैसी ही सहजता से प्रस्फुटित हो उठता है जैसे वर्षा की फुहार से, अधखिला पुष्प! ललिता के क्षण-क्षण आरक्त हो रहे कपोल, गदराई देहयष्टि, सचकित विस्फारित मृगी-सी दृष्टि, बार-बार आँचल से ढका जा रहा उभार देख जी में आया, उससे एक प्रश्न पूछ, अपने सुखद सन्देह की पुष्टि कर लूँ—"क्यों री ललिता, कुछ गड़बड़ है क्या? बार-बार झोले में धरा नींबू क्यों चाट रही है?"

पर फिर कुछ पूछा नहीं। वह चली गई तो मैं उसे तब तक देखती रही, जब तक वह दृष्टि से ओझल नहीं हो गई। मैंने देखा, मत्तगयंद छन्द-सा उसके मनोहारी पदविन्यास को। एक मैं ही नहीं, मेरे सामने बैठी युवा छात्रों की टोली भी उसी मुग्ध दृष्टि से देख रही थी।

इसके बाद, कई महीनों तक न मुझे उसका कोई पत्र मिला, न मैं ही उसकी खोज-खबर ले पाई। अचानक एक दिन उसकी बुआ से, एक विवाह में भेंट हो गई। उन्हीं से सुना, जीजाजी नहीं रहे। विवाह की उस परिचित गरज-तरज में, मुझे बार-बार उस प्रिय स्नेही चेहरे की स्मृति विह्वल कर उठी।

"अरे, क्या हुआ उन्हें?" मैंने पूछा।

"बीमार तो थे ही, रात को सोए तो सोए ही रहे।"

"ललिता वहीं थी क्या?" मैंने पूछा, क्योंकि उसने कहा था, मार्च तक वह निश्चित रूप से विदेश चली जाएगी।

"और कहाँ जाएगी अभागी! उसी का धक्का तो उन्हें ले गया।" उन्होंने रुष्ट स्वर में कहा।

"क्यों, क्या हुआ उसे?" मैंने घबराकर पूछा।

"होगा क्या, कितना समझाया था दद्दा को, ऐसे अनजान पात्र को बिना देखे-परखे शादी मत करो। करना ही है तो मेरा भतीजा दिनुआ क्या बुरा है? असल में मैंने छोकरी को उसी को दिखाने बुलाया था। एल.आई.सी. में क्लर्क है, भले ही इंटर पास हो, वहाँ का तो चपरासी भी पाँच सौ पाता है;

पर बीच ही में न जाने कहाँ से यह करमजला आ टपका? कितना समझाया दोनों को, पर वहाँ तो बाप-बेटी को 'फौरीन' दामाद के सपने दिखने लगे थे। तूने तो देखा है दिनुआ को, कैसा कार्त्तिकेय-सा दिखता है!"

हाँ, मैंने दिनुआ को देखा था। बालों का सस्ता जमादारी फुग्गा बनाए, टिटहरी की-सी टाँगोंवाले उस जनखे-से छोकरे को भला सुचि-सम्पन्ना ललिता कभी पसन्द कर सकती थी?

"फिर क्या हुआ?" मैंने पूछा।

"होता क्या? वही हुआ जो हमने कहा था।"

इतने में ही 'बारात आ गई, बारात आ गई' का शोर हुआ और ललिता की बुआ, मुझे अधूरी जिज्ञासा ही में डूबती-उतराती छोड़, बारात की भीड़ में विलीन हो गईं। उन्होंने क्या कहा था और क्या हुआ, इसके जानने का कोई उपाय नहीं रहा। बारात की रेलमपेल में वे कहाँ खो गईं, मैं जान ही नहीं पाई। जिज्ञासा का अन्त हुआ, दो महीने बाद। इस बार फिर मैं एक विवाह में सम्मिलित होने अलमोड़ा गई तो थोड़ी-बहुत अभिज्ञता बटोर पाई—जब, एक वर्ष तक प्रवासी जामाता ने, उनकी पुत्री को विदेश बुलाने का सामान्य-सा प्रयास भी नहीं किया तो उन्होंने एक प्रकार से धकेलकर ही पुत्री को वहाँ भेज दिया। इस द्विरागमन की सामग्री जुटाने में बेचारे लुट गए थे। वहाँ से ही टिकट भेजने का आश्वासन जामाता ने दिया था। पर वहाँ टिकट तो दूर, जब चिट्ठी आनी भी बन्द हो गई तो उनका माथा ठनका। कुछ रुपए फंड से लिए, खेत गिरवी धरे, अलमोड़ा जाकर अपने कुछ दुर्लभ ग्रन्थ बेच आए, कुछ इष्ट-मित्रों से कर्जा लिया और स्वयं दिल्ली जाकर, पुत्री को पतिगृह के लिए विदा कर आए। इस द्विरागमन के लिए, उन्हें अपना सर्वस्व दाँव पर लगाना पड़ा।

वहाँ जाकर, प्रवासी पति की भरी-पूरी गृहस्थी देखकर बेचारी ललिता गिरती-पड़ती उलटे पाँव क्यों लौट आई? और क्यों एक बार फिर, अरण्यस्थित उसी ग्राम के स्कूल की हेडमास्टरनी बन गई? यह रहस्य सबके लिए गूढ़ रहस्य ही बना रह गया था। बाप-बेटी दोनों ने अमानवीय दुस्साहस से होंठ भींच लिए थे।

यह सब सुनकर जी न जाने कैसा हो आया। उस भोली पितृ-मातृहीना लड़की पर क्या बीत रही होगी, यह सोच-सोच मैं व्याकुल हो उठी। मेरे पास कुछ एक ही दिन का समय था। दूसरे ही दिन काठगोदाम से मेरा रिजर्वेशन

हो चुका था। एक ही दिन में उससे मिलकर क्या लौट पाऊँगी? दिन-भर इसी उधेड़-बुन में पड़ी रही। उसी रात को यदि मैं हीरा को सपने में न देखती तो शायद ललिता से मिलने न जा पाती। आँखें लगी ही थीं कि उदास हीरा पायताने आकर बैठ गई। न कुछ बोली, न हँसी, न हिली, न डूली। वही जयपुरी साड़ी पहने थी, जो कभी मैंने उसे अलीगढ़ की नुमाइश से खरीद कर दी थी। दोनों कपोलों पर क्षयरोग की लालिमा उसके रोगजीर्ण पांडवर्णी चेहरे पर वैसी ही अस्वाभाविक लग रही थी जैसी हमेशा लगा करती थी। कंकाल-सी सूखी देह पर, लाल पहाड़ी आड़-से दमकते रक्तिम कपोल।

"सुबह उठती हूँ तो लगता है सारे शरीर का खून, पसीना बनकर बह गया है, जैसे कोई धुली साड़ी-सा निचोड़ देता है मुझे।" वह कहती और मैं हँसकर कहती, "चल हट, गाल तो मेरे लाल-लाल सेब-से धरे हैं।" किन्तु आज, मैं भी जब उस राजरोग की घातक क्षमता को झेल उसी पसीने से कभी-कभी निर्जीव हो उठती हूँ तो पीले विवश चेहरे की स्मृति पश्चात्ताप से चित्त विगलित कर देती है।

सपने में भी उसकी करुणा-विवश दृष्टि मुझे क्षुब्ध कर उठी। हठात् लपककर उसने मेरे दोनों हाथ पकड़ लिए—उन छलछलाई आँखों के मूक अनुरोध को मैं टाल नहीं सकी। दूसरे ही दिन मैं बाजार गई, मिठाई का डिब्बा लिया, बैग में उसके लिए एक साड़ी, पहले ही लाकर रख ली थी, कुछ दिन पूर्व किसी स्नेही पाठक ने मुझे एक पार्कर पेंसिल-पेन का सेट, कुवैत से भेजा था, वह भी उसके लिए रख लिया और मैं बस में बैठ गई।

मैं जानती थी कि वह मुझे घर पर ही मिलेगी। इतवार को वह पूरी छुट्टी मनाती थी। उस दिन वह अपनी नौकरानी को भी छुट्टी दे देती है और एकदम अकेली रहती है, यह मुझे पता था। उसी एकांत की मुझे कामना थी। बस-अड्डे तक उसके घर तक की तीखी चढ़ाई पार करने में मैं हाँफ-हाँफ गई थी। पहाड़ की दुरूह चढ़ाई अकेले ही पार करना, जीवन की दुरूह यात्रा की एकाकी पार करने की ही भाँति कुछ कम दुरूह नहीं होती। आज उसकी ढालू पथरीली छत पर पीले भीमकद्दू नहीं, वह स्वयं सूख रही थी। अपनी सुचिक्कन काली घनघटा-सी खुली केशराशि को वह छत पर बैठकर सुखा रही थी। एक ओर परीक्षा की बादामी कॉपियों का स्तूप था, जिनमें से एक खुली कॉपी वह जाँच रही थी।

तीन

"अरी, ओ हेडमास्टरनी!" मैंने हँसकर कहा, "अब बहुत कॉपियाँ जाँच ली। चल, नीचे उतर।"

उसने अचकचाकर मुझे देखा और फिर उसने जो किया, उसके लिए मैं प्रस्तुत नहीं थी। मैंने काँपकर आँखें बन्द कर ली। "हाय मौसी तुम!" कह वह अपनी साड़ी को घुटनों तक उठा, तीखी छत से नीचे कूद पड़ी। उसके खुले बाल एक क्षण को हवा में लहरा उठे। घुटनों तक उठी सफेद साड़ी से दिखती उसकी रोमहीन, पहाड़ी 'फुलौ'-सी चिकनी टाँगें, एक सीध में सधीं और वह ऐसी दक्षता से धरा पर अवतरित हो गई, जैसे आकाश से अवतरित कोई अशरीरी अप्सरा हो!

"ऐसे कूद गई कमबख्त, अगर हाथ-पैर टूट जाते तब?" मैंने कहा।

"तब क्या! टाँग टूट भी जाती तो कौन मुझे शादी की चिन्ता है अब मौसी, शादी तो हो ही गई।" वह बड़ी दुष्टता से मुस्कराई, "पर आप यह बताइए, अचानक यहाँ आ कैसे गईं?"

"बस तुझसे मिलने। सुना तू देश-विदेश का चक्कर लगाकर फिर हेडमास्टरनी बन गई है।"

अचानक उसने मुँह लटका लिया, "चलिए, पहले चाय पी लीजिए, लाइए बैग मुझे दीजिए, पर आपने मुझे क्यों नहीं लिखा, आप आ रही हैं? मैं घोड़ा लेकर बसस्टैंड पहुँच जाती। इतना भारी बैग आपको लादना पड़ा।" उसने मेरे हाथ से बैग ले लिया।

"इसीलिए तो नहीं लिखा।" मैंने उसे गुदगुदाने की चेष्टा की, "तुझे घुड़सवारी करते तो देख चुकी हूँ। उस लद्दू, भोटिया घोड़े पर बैठना, तुझे ही मुबारक हो। एक कदम आगे चलता है और दो कदम पीछे। उस पर घनी अयाल से उसकी आँखें ऐसी अंधी बनी रहती हैं कि पता नहीं कब सवारी सहित काली गंगा में उतर जाए! ऊँचाई ऐसी है तेरे अरबी घोड़े की कि पीठ पर बैठो तो पैर जमीन पर टिक जाते हैं, यानी चार टाँगें घोड़े की, दो अपनी, साथ-साथ चलती हैं।"

वह ठठाकर हँसी और हाथ पकड़कर, मुझे भीतर खींच ले गई। पहली अनुभूति, जो मुझे कमरे में पैर रखते ही हुई, वह थी एक पीड़ादायक निस्संग निर्जनता की। लगता था, सुई भी टपकी तो नगाड़े का-सा निनाद करेगी।

"लो, तुम बैठो मौसी, मैं अभी चाय बनाकर लाती हूँ।"

मैंने देखा, जीजाजी का पलंग अभी भी उसी परिपाटी से लगा था। दीवार पर वे ही तसवीरें लगी थीं, जिन्हें मैं पिछली बार देख गई थी।

कमरे में कहीं भी, हेडमास्टरनी के क्षणिक विलासपूर्ण वैवाहिक जीवन का स्पर्श भी नहीं था, न उसकी विदेशयात्रा का कोई स्मृति-चिह्न, न कहीं उसके विवाह का कोई चित्र। एक ओर एक विकलांग तिपाई पर उसकी घर की धुली तीन-चार साड़ियाँ, पहाड़ी नदी के एक भारी-भरकम 'गल्डोण' शिला के नीचे दबी स्वयं अपनी शिकनें दूर कर रही थीं। शायद यही उसकी अचल इस्त्री थी। पास ही में धरा था उसका स्कूली रजिस्टर, पहाड़ी ऊन का भूरा कॉर्डिगन, दूर से देखकर मैंने पहले सोचा, कोई तिब्बती पशमी अप्सु कुत्ता ही हाथ-पैर समेटे सो रहा है। हाथ के बिने नीली-पीली धारीवाले उसके मोजे और वही सतरंगी मफलर कुर्सी पर धरा था, जिसका उसके यौवन के कफन के रूप में परिचय पाकर, मैं पिछली बार गई थी। एक हाथ में चाय का गिलास और गुड़पगे मीठे खजूर लेकर वह आई तो मैंने पूछा—"खिमुली को आज भी छुट्टी दे दी है क्या?"

"हाँ, आज इतवार है ना, इतवार को मैं उसे पूरे दिन की छुट्टी दे देती हूँ, अपने भतीजे से मिलने बिंसर गई है, कल लौट आएगी।"

अपनी चाय का गिलास लेकर, वह फिर मेरे पास बैठ तो गई, पर मुझे लगा, वह धीरे-धीरे मुझसे दूर खिसकती जा रही है। न अपने प्रत्यावर्तन की कोई कैफियत, न अपने संक्षिप्त विवाहित जीवन का कोई प्रसंग। मैं जितनी ही बार कुछ पूछने की चेष्टा करती, वह उतनी ही बार बड़े चातुर्य से, पैंतरा बदल, एक-न-एक बहाना बना, कभी कुछ लेने चली जाती, कभी क्रमशः वेगवती बन रही वर्षा की आड़ी-तिरछी फुहारों को, कमरे के भीतर आने से रोकने के लिए, अकारण ही पटापट खिड़कियाँ बन्द करने लगती। मैं समझ गई, अपने जीवन के उस अप्रीतिकर परिच्छेद का पहला पृष्ठ, मेरे सम्मुख उजाले में खोलने में वह सकुचा रही है। ठीक है, रात होने पर ही पुछूँगी। शायद रात्रि का अंधकारपूर्ण एकान्त, उसकी जिह्वा को मुखर बना दे।

मैंने यही किया, रात को वह मेरे पलंग से सामान्य व्यवधान रख, पलंग खिसकाकर लेट गई। बत्ती बुझाने का प्रश्न ही नहीं उठा था, उस ग्राम में बिजली दुर्लभ पाहुने-सी पहले तो आती ही नहीं थी; आती भी, तो उसी त्वरा में चली जाती और फिर रात-भर नहीं आती। वह रात भी ऐसी ही थी।

"ललिता।" मैंने कहा।

"हूँ...।"

"तू क्या अब सचमुच ही लौटकर नहीं जाएगी?"

"कहाँ?" सब कुछ समझकर भी वह, अनजान बन गई।

"अपनी ससुराल।"

"नहीं!" उसका दृढ़ स्वर, रात्रि की निःस्तब्धता में हथौड़े-सा बज उठा।

"जानती है, जीजाजी क्या कहते थे? तेरी बुआ जब अपनी दन्या गाँव की ससुराल जाने को राजी नहीं हुई और बरसों तुम्हारे यहाँ पड़ी रही तो जीजाजी ने मेरे ही सामने उससे कहा था—कालिंदी, स्कूल न जानेवाले लड़के और ससुराल न जानेवाली लड़कियाँ मुझे बहुत बुरी लगती हैं।"

"हूँ..."

"तो फिर क्यों नहीं जाएगी ससुराल? ऐसे बड़े घर में तेरा विवाह हुआ, राजपुत्र-सा वर और राजसी वैभव मिला और एक तू है सिरफिरी कि इस सड़ियल स्कूल में हेडमास्टरनी बनी मर-खप रही है।"

वह निरुत्तर रही।

"आखिर तू भाग क्यों आई? झगड़ा हो गया था क्या? देख ललिता, तेरे अम्मा मेरी आत्मीया ही नहीं, प्रिय सखी भी थी। यदि कहूँ कि आज मैं तेरी मौसी ही नहीं, माँ हूँ—तब भी नहीं बताएगी क्या? शायद, मैं तेरी कुछ मदद कर सकूँ।"

"संसार में अब कोई मेरी मदद नहीं कर सकता मौसी, यही समझ लो कि अब मैं विधवा हो गई हूँ।" उसकी यत्न से दबाई पहली सिसकी फिर सहस्त्र सिसकियों में फूट गई। खिड़की से आती सड़क के लैम्पपोस्ट के अस्पष्ट आलोक में भी पलंग पर बैठी, उस दुबली-पतली लड़की की, सिसकियों से काँपती देह को मैं स्पष्ट देख पा रही थी।

शायद, आज पहली बार वह किसी की उपस्थिति में जी खोलकर रो पा रही थी। मैं जानती थी कि न कोई उसकी ऐसी सहयोगिनी है, न कोई आत्मीया, जिसके सम्मुख वह अपनी अनकही वेदना का पात्र ऐसे उड़ेल पाई होगी!

मैंने उसे जी भरकर रोने दिया, फिर वह स्वयं ही तटस्थ होकर मेरी ओर मुड़ी, "तुम पूछ रही हो, मैं क्या ससुराल कभी नहीं जाऊँगी?" वह हँसी, बाहर क्षण-भर को चमकी बिजली की क्षणिक कौंध में व्यंग्य, क्षोभ और क्रोध

से तिर्यक, उसके अधरों की अवज्ञापूर्ण स्मित देख मैं अचकचा गई। आवेश से वह ऐसे हाँफ रही थी, जैसे पुराने श्वास की रोगिणी हो, "मेरी ससुराल है ही कहाँ जो मैं वहाँ जाऊँ मौसी! जब आपसे मिली तब मैं स्वप्नावस्था में थी—सप्ताह में उनकी दो-दो चिट्ठियाँ आ रही थीं। जीवन में कभी किसी ने मुझे प्रेमपत्र नहीं लिखा, इसी से किसी रोचक उपन्यास की, मोहक धारावाहिक किस्तों से उनके प्रेमपत्रों को मैं सहेजकर रख लेती, बीसियों बार पढ़-पढ़कर उनकी एक-एक पंक्ति, एक-एक नवीन प्रेमपगा सम्बोधन मुझे कंठस्थ हो गया था, फिर जब भी कोई विदेश से आता, उपहारों से वे मुझे लाद देते—घड़ी, परफ्यूम, साड़ियाँ, पर्स, कॉडिगन—यहाँ से कोई जाता तो मैं भी कुछ-न-कुछ भेजती रहती, हाथीदाँत का सिगरेट केस, चिकन के कुर्ते, पहाड़ी हरी चाय के डिब्बे। एक बार तो मैंने अपने पूरे महीने का वेतन ही उपहार जुटाने में फूँक दिया था। बार-बार लिखते—जल्दी ही तुम्हें यहाँ बुलाने की व्यवस्था कर रहा हूँ। जानता हूँ, बाबूजी का विछोह तुम्हारी कठिन-अग्निपरीक्षा सिद्ध होगा, किन्तु यही तो है पति की विजय और पिता की पराजय। यहाँ आते ही तुम अपने बाबूजी को भूल जाओगी।''

"मैं निहाल हो जाती, कभी-कभी तो अपने सुख से निर्ल्लज बनी मैं बाबूजी को उनके पत्रांश सुनाने लगती। मेरी सम्भावित विदेश-यात्रा के लिए, मुझसे भी अधिक अधीर बाबूजी हो उठे थे।"

"चिट्ठी आती तो लाठी पर चिबुक साधे चुपचाप मुझे देखते रहते। चिट्ठी पढ़कर शायद मैं उन्हें कुछ सुखद प्रसंग सुना दूँ। ठीक जैसे पालतू अनुशासनबद्ध कुत्ता भोजन ग्रहण कर रहे स्वामी के सम्मुख बैठा, आँखों-ही-आँखों में उदग्र याचना भर टुकुर-टुकुर देखता है कि दयालु स्वामी एक गस्सा तो उसकी ओर फेंकेगा ही! कभी-कभी मुझे बाबूजी पर गुस्सा भी आता, इतनी ही स्वतन्त्रता मुझे नहीं है कि मैं पति का प्रेमपत्र एकान्त में तो पढ़ लूँ।"

"चिट्ठी लम्बी होती और मुझे पढ़ने में विलम्ब होता तो बड़े अधैर्य से बीच ही में वे पूछ बैठते—"क्यों, क्या लिख रहा है आज? टिकट भेजा है क्या?" मैं कभी-कभी उन्हें झिड़क भी देती—"ओह, पढ़ने तो दीजिए, बाबूजी!" आज सी निरीह स्नेही पिता को दी गई वही झिड़की मेरे कलेजे में फाँस बनकर चुभ रही है। उन्हें क्या टिकट की चिन्ता अपने लिए थी?

"उधर मैं कल्पना के पंख लगाकर किसी शून्याकाश में उड़ने लगी थी।

आँखें बन्द कर देखती, मैं जा रही हूँ, एयरपोर्ट पर मुझे लेने, वर्षों से प्रवासी मेरे लोकप्रिय व्यक्तित्व सम्पन्न पति के मित्रों की भीड़ जुटी है, उन सब नदियों को, उन अनजान शहरों को जिनका अस्तित्व, मेरे लिए आज तक नक्शों तक ही सीमित था, जिनके भौगोलिक नीरस सूत्र, मैं अपनी न जाने कितनी छात्राओं को रटाते-रटाते ऊबने लगी थी, वे ही आज मेरी आँखों के सम्मुख सरस, सजीव बनकर बिखर रहे थे। मैनचेस्टर, न्यू कासल, लेक डिस्ट्रिक्ट—फिर देखती, मैं वहाँ से रंगीन पिक्चर पोस्टकार्ड भेज रही हूँ अपनी अध्यापिकाओं को, छात्राओं को। बाबूजी पूरे गाँव में घूम-घूमकर इष्ट-मित्रों को हमारी रंगीन तसवीरें दिखा रहे हैं। कोई भी भारत जा रहा है तो मैं पूरे गाँव के लिए, विदेशी उपहार भेज रही हूँ, बाबूजी के लिए घड़ी, पटवारी कक्का के लिए गरम पुलोवर, मौसियों के लिए साड़ियाँ, खिमुली के लिए गरम मोजे।"

"और फिर, मेरे वे सारे काल्पनिक सतरंगी सपने, आकाश में ही बादलों के फाये-से उड़कर विलीन हो गए।"...वह एकाएक चुप हो गई। फिर स्वयं ही उसने भग्न सूत्र थाम लिया—"जब एक साल बीत गया और उसके पत्रों का आना एकदम ही बन्द हो गया तो बाबूजी का अधैर्य, उनके रक्तचाप को भयावह रूप से बढ़ा गया। डाकिए के आने में देर होती तो लाठी टेकते, वे स्वयं डाकखाने पहुँचकर पोस्टमास्टर से पूछते—"क्यों भई, विदेश से कोई चिट्ठी तो नहीं आई है ललिता के नाम?" उनकी यही सनक, धीरे-धीरे पूरे गाँव का मजाक बन गई।"

..."क्यों हो पांडेजी—दामाद की चिट्ठी आई? कब जा रही है तुम्हारी ललती?" मेरा खून खौल उठता। मेरे सरल बाबूजी उस तिलमिलानेवाले व्यंग्यपूर्ण प्रश्न भी सामान्य स्नेहपूर्ण जिज्ञासा के ही रूप में ग्रहण कर लेते—"अरे, आजकल डाक में बहुत गड़बड़ी हो रही है, कल अखबार में था, एक पोस्टकार्ड इलाहाबाद से पन्द्रह वर्ष पहले चलकर अब लखनऊ पहुँचा है।" सामर्थ्यहीन पिता की पुत्री जब किसी बड़े घर में ब्याही जाती है तो बिरादरी के अनेक हृदयों पर साँप लोटने लगता है। मुझे बार-बार वाल्मीकि रामायण में विभीषण को कही गई रावण की तिलमिला देनेवाली पंक्तियाँ याद हो आतीं—

"जानामि सर्वलोकेषु ज्ञातीनां अयि राक्षस,
दृष्यन्ति व्यस्नष्वेते ज्ञातीना ज्ञातयः सदा।"

“बिरादरी के लोग ही तो अपने किसी बिरादरी की दुर्गति देखकर आह्लादित होते हैं। मैं बार-बार बाबूजी को समझाती, “आप क्यों दुनिया-भर में कहते-फिरते हैं कि आपके दामाद को बीस हजार तनख्वाह मिलती है, उसने पाँच बेडरूम का मकान खरीद लिया है, दो-दो मोटरें हैं और ललिता शीघ्र ही वहाँ राज करने जा रही है...” ‘‘तो बेटी, मैं क्या कोई झूठ कहता हूँ,” वे अपने, भोले शिशु के-से प्रश्न से मुझे निर्वाक कर देते।

“जब पत्र न आए पूरे तीन महीने बीत गए तो बाबूजी भी धैर्यच्युत हो गए। बोले—“ललती, मैंने स्थिर किया है, दामाद न बुलाते तो न सही। मैं तुझे अपने खर्चे से वहाँ भेजूँगा।”

“नहीं,” मैंने कहा, “आपके पास है ही क्या जो आप मुझे भेजेंगे—वह क्या काठगोदाम से अल्मोड़ा तक का टिकट है जो आप चट से खरीद, मुझे कुमाऊँ मोटर यूनियन की बस में बिठा देंगे। जानते हैं, वहाँ का टिकट कितने का है?

“हाँ-हाँ, जानता हूँ, तेरा छोटा मामा क्या वहाँ नहीं है? मैं उसको लिख दूँगा, वह तुझे आकर ले जाएगा, फिर अच्छे ग्रह-नक्षत्र की गणनाकर उसे भेज देंगे, वही तुझे ससुराल पहुँचा आएगा?”

“मैं उनके साहस को देख दंग रह गई। क्या था उनके पास? मात्र 120 रुपए की पेंशन और मेरे विवाह के बाद बची उनकी फंड की क्षीण सीमित राशि—कुल चार हजार, उसमें से भी एक हजार वे जर्जर छत और मकान के पिछली बरसात में गिर गए वामांग की मरम्मत के लिए निकाल चुके थे। कुछ दो धोतियों, दो खद्दर के कुर्ते, एक जीर्ण कोट और एक पहाड़ी ऊन के स्वेटर में ही दिन काटनेवाले मेरे दरिद्र, मितव्ययी बाबूजी, मुझे विदेश भेजकर, अपने जीवन के बचे-खुचे दिन क्या खाकर काटेंगे?”

“मैं आपको एक पाई भी खर्चने नहीं दूँगी। आप कन्यादान से मुक्त हो चुके हैं। ले जाना होगा तो वही ले जाएगा, जिसने अँगूठा थामा है।” मैंने दृढ़ता से कहा।

“नहीं ललती,” बाबूजी की आँखों में आँसू छलक आए—“मैं क्या तेरा दुख नहीं समझता! तीन ही महीने में तेरी हड्डियाँ निकल आई हैं, रंग स्याह पड़ गया है। रात-भर खाँसती रहती है, तू क्या सोचती है, मैं सब नहीं देखता? हमारी फैमिली हिस्ट्री तो तुझसे छिपी नहीं है। तेरी माँ को क्षय रोग ले गया। तेरी नानी को, तेरी तीन मौसियों को...”

"आप चिन्ता न करें बाबूजी, वह रोग मुझे नहीं ले जाएगा, ऐसे पुण्य कर पृथ्वी पर नहीं आई हूँ..."

"शायद मेरी यही बात उन्हें चुभ गई। अर्थात् पुण्य कर आई होती, तो असमय की वह मृत्यु मेरे लिए सुखकर होती। शायद मेरी यही बात अब तक, मेरी मन-ही-मन कौशल से छिपाई गई गहन वेदना को उनके सम्मुख, उघाड़कर रख गई थी।"

"ललिता," वे कहने लगे, "तेरी माँ एक कहानी सुनाया करती थी। पहाड़ के एक दरिद्र ग्राम की कन्या थी चिन्ता। पदेश कमाने गए उसका पति वर्षों तक नहीं लौटा और वह मायके में ही पड़ी रही। चिन्ता, बालिका से किशोरी हुई और किशोरी से युवती, एक दिन उसने अपने पति को पत्र में एक कविता लिख भेजी"?–

"मैं श्वानिका का च्याला खेलूँनी
मैं के खेलूँ, तेर हाड़?"

"मेरी हमउम्र हमजोलियाँ, अपने बेटों को खेला रही हैं, मैं किसे खेलाऊँ, तेरे हाड़ को?"...मैं तुझे हाड़ नहीं खेलना दूँगा, बेटी!" और फिर उसी दिन से बाबूजी, कमर कस मेरी विदेश-यात्रा की तैयारी में जुट गए थे। फंड से क्या होता? नानी, सालम में बासमती के तीन खेत मेरे नाम कर गई थीं, उन्हें भी बेचना पड़ा, फिर भी भिक्षापात्र नहीं भरा, अपनी दुर्लभ पुस्तकें बेचने लगे तो मैंने बहुत समझाया, पर उन्होंने मेरी एक नहीं सुनी। रात-रात जगकर, मेरे द्विरागमन की सफल यात्रा के लिए ग्रह-नक्षत्रों की गणना की गई, विदेश स्थित ग्रहों का स्वदेशीय तिथि-नक्षत्रों से अन्तर निकाला गया, दुर्भाग्य से फ्लाइट बृहस्पतिवार को थी, एक बार बाबूजी गहरे सोच में पड़ गए—गुरुवार को, कन्या पितृगृह से विदा नहीं होती। उमा भी तो गुरुवार ही को दक्षगृह से चली थीं। सुपारी-हल्दी की गाँठ मेरे सूटकेस में घर, मुझे तिलक लगा बाबूजी ने एक दिन पहले ही मेरा एयरपोर्ट को प्रस्थान कर दिया, सारी रात मेरे साथ स्वयं भी वहीं बैठे रहे। सच कहती हूँ मौसी, मेरे पैरों से धरती छोड़ी तो कलेजा धड़धड़ धड़कता मुँह को आ रहा था। एक ओर था, अदम्य उत्साह, दूसरी ओर उतनी ही उदग्र व्यग्रता! कहीं कोई लेने नहीं आए तब? और फिर जब उनसे मिलूँगी, मुझे अचानक सामने खड़ी देखकर, वे क्या सोचेंगे? क्या मेरा, निर्लज्ज अभिसारिका का रूप उन्हें मोह पाएगा? मेरे दुस्साहस से अभिभूत हो, वे मुझे बाँहों में भर लेंगे या अवमानना से दूर पटक

देंगे? हो सकता है, बेचारे स्वयं ही बीमार हों और हमें चिन्ता होगी जानकर हमें कुछ लिखा ही न हो!

"जब, राम-राम कर लंदन पहुँची तो अनेक दुश्चिन्ताओं से मेरा हृदय उद्वेलित हो रहा था। हीथ्रो एयरपोर्ट के बारे में, स्वयं उन्हीं से अनेक बातें सुनी थीं। वहाँ पहुँचने पर, एंट्री परमिट दिखाना पड़ता है, भारतीयों को वहाँ जान-बूझकर ही अपदस्थ किया जाता है।"

"मैं तुम्हें अकेली थोड़े ना आने दूँगा। तुम तो बौरा जाओगी, मैं स्वयं आऊँगा तुम्हें लिवाने।" उन्होंने जाने से पहले कहा था।

"मेरे पास तो कुछ नहीं था, न एंट्री परमिट, न किसी के नाम का परिचय-पत्र, आने के उत्साह में, मैं मामा का पता लाना भी भूल गई थी। सरल अनुभवहीन पिता की अँगुली पकड़कर ही मैं पहली बार दिल्ली आई थी। उस विराट हवाई-विश्रामस्थली को देख मुझे लगा, सहसा पिता की अँगुली मेरी पकड़ से छूट गई है और मैं किसी मेले की अन्तहीन भीड़ के रेले में खो गई हूँ। मामा का चेहरा मुझे ठीक ही याद था, किन्तु उस अनचीह्ने-अनजाने परिवेश में उन्हें नहीं पहचान पाई तब? वैसे बाबूजी ने, उन्हें यह भी लिख दिया था कि मैं किस रंग की साड़ी पहनकर, एयरपोर्ट पर उतरूँगी। यही नहीं, मेरा एक ताजा चित्र भी खिंचवाकर उन्हें भेज दिया था, मैंने उद्भ्रान्त दृष्टि से इधर-उधर देखा, न जाने कितने काउंटर थे और कैसी श्वेतांगी भीड़। एक पल को मैं ठगी-सी देखती रही।" "आप, क्या पहली बार यहाँ आई हैं?" पीछे से एक मृदु कंठ-स्वर ने जैसे मेरा कंधा थपथपा दिया।

मैंने मुड़कर देखा, चेचक के दागों से बुरी तरह नुचा-खुचा चेहरा, त्रुटिहीन साहबी वेश-भूषा, हाथ में एक बैग लिए, वह नाटे कद का व्यक्ति मुझे बड़ी सहानुभूति से देख रहा था। ऐसा स्याह रंग कि मुझे पहले लगा, वह नीग्रो है। मेरी हतप्रभ दृष्टि देख उसने इस बार और भी विनम्र स्वर में, विशुद्ध हिन्दी में पूछा—"आप शायद किसी को ढूँढ़ रही हैं, पर लेने आए व्यक्ति, यहाँ नहीं आ सकते। यहाँ की औपचारिका पूरी होने पर ही आप बाहर जा पाएँगी और वहीं वे आपको मिलेंगे। आपको उस काउंटर पर जाना है।" उसने एक काउंटर की ओर अँगुली दिखाई। जिस काउंटर पर मैं जाकर खड़ी हुई, वहाँ एक ऊँची युवती, अपनी कठोर मुखमुद्रा से, अनुभवहीन आगंतुकों को सहमाती, सबके पासपोर्ट उलट-पुलटकर देख रही थी। मेरी सहमी आकृति

और डरी-डरी आँखें देखते ही वह शायद समझ गई थी कि मैं पहली बार लंदन आई हूँ। "यहाँ क्या करने आई हैं? वह भी एक संक्षिप्त अवधि के लिए, किसी आत्मीय के पास आई हैं क्या? लैंडिंग परमिट कहाँ है?" एक साथ अनेक कठोर प्रश्नों की मशीनगनी बौछार ने मेरी वाणी हर ली।

मैं उनसे कहना चाह रही थी, कि जिस आत्मीय के पास आई हूँ, हमारे देश में नारी का उससे घनिष्ठ आत्मीय और कोई नहीं होता। "मैं अपने पति के पास आई हूँ। केवल विदेश-भ्रमण के लिए, वहाँ नौकरी करती हूँ। लौटना है, इसी से अवधि संक्षिप्त है।" मेरा दो टूक उत्तर, उसकी कठोर मुख-मुद्रा को देखते-ही-देखते, मनोहारी स्मित से सवार गया। मैं, उसके देश में बसकर, अवांछित भारतीय भीड़ का रेला बढ़ाने नहीं आई हूँ, जानकर वह आश्वस्त हो गई और मैं उस चक्रव्यूह से बेदाग निकल आई। एक व्यर्थ आकांक्षा से मेरा हृदय फिर धड़क उठा। क्या पता, मामा ने उन्हें भी सूचित कर दिया हो और वे मुझे लेने आए हों?

चार

इन्हीं मामा से हमारा सम्बन्ध एक प्रकार से विच्छिन्न ही हो चुका था। उस स्वार्थपरक देश में जाकर, जो मृत्युशय्या पर पड़ी, चिरदारिद्रय से जूझती, अपनी जननी को देखने भी नहीं आया था, उस मामा से हमारी सहानुभूति हो भी कैसे सकती थी! फिर उन्होंने धर्मभीरु बाबूजी की दृष्टि में एक अक्षम्य अपराध भी तो किया था। पूर्वविवाहिता, पति परित्यक्ता, तीन-तीन पुत्रियों की, एक विदेशिनी प्रौढ़ा जननी से विवाह कर, उन्होंने स्वयं भी हमसे मुँह मोड़ लिया था।

अचानक, मेरी दृष्टि मामा पर पड़ी। मुझे देखते ही वे तेजी से आगे बढ़े और मेरे हाथ से सूटकेस लेकर बोले, "मैंने तो तुझे दूर से ही पहचान लिया था। एक पल को तो लगा, हाथ में सूटकेस लिए हीरा दीदी चली आ रही हैं।"

मामा की साहबी वेश-भूषा, शरीर से आती मदिर सुगन्ध और स्वस्थ दगदगाते चेहरे को देख मैंने कहा, "मामा तुमने तो मुझे पहचान लिया पर, तुम आगे न बढ़ते तो शायद मैं तुम्हें नहीं पहचानती, तुम तो एकदम अंग्रेज़

लग रहे हो।"

"हाँ-हाँ," मामा का अहंकारी स्वर मुझे अच्छा नहीं लगा। "और तो और, यहाँ भी सब मुझे इलैटियन या स्पैनिश ही समझते हैं।" बाहर निकलते ही मामा ने सूटकेस मुझे थमा कर कहा, "तू यहाँ खड़ी रह, मैं कार ले आऊँ।"

पहाड़ी चीते-सी छलाँग लगाती, मामा की कार आई और उसका चमकता कलेवर देख, मुझे उसमें बैठने में भी संकोच हुआ। रोडवेज की बसों को छोड़, क्या आज तक मैं किसी कार में बैठी भी थी!

"तेरी मामी तुझे देखकर बहुत खुश होंगी।" मामा ने कहा तो एक क्षण को मैं चकरा गई, मामी कहाँ से आ गईं यहाँ जो मुझे देखकर खुश होगी। यह प्रिय सम्बोधन, जिसके साथ ही मेरी ननिहाल की अनेक, मधुर-स्मृतियाँ जुड़ी थीं। विदेश की उस वीरानी में, सहसा मामी का नाम सुन मैं एक पल को चौंकी, फिर समझ गई और किसी अनजान विदेशिनी के नाम के साथ उस रिश्ते को स्वीकार करने में, मेरा अबाध चित्त विद्रोह कर उठा। मन-ही-मन मैंने निर्णय कर लिया—उसे मामी कभी नहीं कहूँगी, कभी नहीं, मामी तो मेरी एक ही थी। मामा फिर वहीं की कुशल पूछने लगे। अलाँ कैसे हैं, फलाँ कैसे हैं? मैं जिसकी कुशल पूछना चाह कर भी नहीं पूछ पा रही थी, उसका उल्लेख, क्या मामा जान-बूझकर ही नहीं कर रहे थे? मामा का घर, एयरपोर्ट से बहुत दूर था, चिकनी स्वच्छ सड़क पर राजसी गाड़ी, जल में मछली-सी फिसल रही थी। हम पहुँचे तो मामा के लाल रंग की छतवाले कॉटेज को देख, मुझे लगा जैसे नैनीताल के किसी बंगले के बाहर खड़ी हूँ। छोटे-से बाग में हवा में झूमते हरे-नीले पुष्प, फल भार से गदराई सेब-आड़ू के वृक्षों की नतमुखी टहनियाँ, हृदयाकर जलाशय में खिले कमलों के बीच तैरती रंगीन मछलियाँ और मखमली दूब!

"तेरी मामी को बागवानी का बेहद शौक है।" मामा ने कहा और द्वार की घंटी बजाई। मधुर टंग-टंग के साथ, दूसरे ही क्षण द्वार खोलकर, अपनी मांसल भुजाएँ फैला मुझे आलिंगनबद्ध करने, मेरी विदेशिनी मामी खड़ी थी। मेदबहुल शरीर की स्वामिनी, गुरु नितम्बिनी, उस मामी को देख मैं उस प्रसारित बाहुपाश के बन्धन में, अपने को समर्पित भी नहीं कर पाई। देहातिन-गँवार-सी खड़ी ही रही। उसी ने बढ़कर मुझे बाँहों में भींचा, मेरे दोनों कपोलों पर स्नेहपूर्ण चुम्बन के दो अंगारे दागे और बाँहों ही में भर मुझे भीतर खींच ले गई। उस वात्सल्य पगे आलिंगन का प्रत्युत्तर मैं उसी

प्रगाढ़ ऊष्णता से नहीं दे पाई। देती भी कैसे? आठ ही दिन पूर्व तो मैं मामी से विदा लेने ननिहाल गई थी—दिन-भर चूल्हे के पास बैठी बेचारी मामी, मेरे लिए पकवान बनाती रही थी, सोच रही थी क्या-क्या खिला दूँ इसे। चलने लगी तो काठ के सँकरे द्वार पर, उसने मुझे बाँहों में कसकर भींच लिया था—"अरी, दुश्मनों के देश में जा रही है ललती, पता नहीं कब लौटेगी वहाँ से!" मुझे कड़कड़ अंग्वाल में बाँधे, अश्रुपूरित आँखों से विदा दे रही छोटी मामी, जैसे आँखों के सामने खड़ी हो गई। बड़ी और मझली मामी का चेहरा जहाँ मुझे देखते ही लटक जाता वहीं पर, छोटी मामी मुझे देखकर गुलगुल हो जाती। अपनी दोनों कठोर कलहप्रिया जिठानियों की गृहस्थी में, वह बेचारी नौकरानी-सी खटती रहती, फिर भी एक शब्द नहीं कहती। कहती भी किससे?

"मायका भी ढंग का होता तो वहीं चली जाती," बड़ी मामी कहतीं, "यहाँ अपना ही खर्चा पूरा नहीं पड़ता, सब कुछ ही तो करना पड़ता है, जाड़ा आता है तो सबके लिए गरम कपड़े, रजाई-कम्बल, उस पर छोटे लल्ला ने तो आँखें ही बन्द कर लीं। अरे, कभी कुद खर्चा ही भेज देते इसके नाम।"

मझली मामी घुन्नी थीं, मुँह से कुछ नहीं कहतीं किन्तु, छोटी मामी का कैसे उपदर्भ करती हैं, मैं देख चुकी थी। झाड़ू लगाना, गाय-भैंस के गोठ को बुहार, गोबर निकालना, दूध दुहना, घर-भर के लिए चाय बनाना, सब कुछ छोटी मामी के जिम्मे था। उस पर अशक्त, पंगु सास को बिस्तर पर ही टूटी-पेशाब कराना, वहीं गीले कपड़े से उनका बदन पोंछ, उनके जप की सामग्री जुटाना, यह भी छोटी मामी ही करती थीं। कपड़े धोने बैठती, जो जान-बूझकर ही मझली मामी धुले कपड़े भी, मैले कपड़ों में मिला जाती, ननिहाल की तीनों बहुओं में वही सबसे सुन्दर थी, कभी उसे ढंग का कपड़ा पहनने को नहीं मिला, फिर भी वह दोनों मामियों के चेहरों पर झाड़ू फेर देती, इसी से ईर्ष्याकातर दोनों जिठानियाँ उस पर दिन-रात कहर बरसातीं। मेरा आना उसे बहुत अच्छा लगता। मेरी साड़ियों में से एक-दो मैं उसे चुरा-छिपा कर दे आती, पर मामी जैसे समय से पहले ही बुढ़ा गई थी, न उसे पहनने-ओढ़ने का शौक रह गया, न खाने-पीने का। मायके में एक ही भाई बचा था, वह भी बद्ध पागल। एक बार उसे भाई दूज का टीका करने गई तो उसने रात ही को मामी को कूट-काट सड़क पर डाल दिया था। एक अपनी छात्रा से सुना कि वह बेहोश सड़क पर पड़ी है। मैं ही भागकर उसे अपने यहाँ लिवा लाई थी। हल्दी-चुना लगाकर मैंने कहा, "मामी, अब तुम

कहीं नहीं जाओगी–मेरे ही पास रहोगी।"

"कैसे रह सकती हूँ ललती, तू आज नहीं तो कल, एक-न-एक दिन तो ससुराल जाएगी ही, फिर मैं क्या अकेली ननदोई के साथ यहाँ रह सकती हूँ?"

भले ही उसके शरीर से, इस विदेशिनी माफी के-से शरीर की, महमह सुगन्ध न आती हो, उसकी वही गोबरपिरुल मिश्रित सुगन्ध मुझे बहुत अच्छी लगती थी।

मामा की दोनों पुत्रियाँ, कहीं निकल गई थीं। छोटी एक 'हाई' मार कर फिर टी.वी. से चिपक गई। उस बर्फीली औपचारिकता से मेरा कुछ ही घंटों में दम घुटने लगा। शाम हुई तो मैंने डरते-डरते कहा, "मामा मुझे वहाँ कब तक पहुँचा दोगे?"

"कहाँ?" मामा ने, शायद मुझे जान-बूझकर ही छेड़ा और मैं लाल पड़ गई।

"देख ललिता," मामा बोले, "यहाँ से वह जगह पचास किलोमीटर की दूरी पर है। आज आराम कर ले, कल सुबह तुझे पहुँचा दूँगा, एक बात बता, यह विवाह क्या तूने अपने मन से किया या जीजाजी ने रिश्ता ढूँढ़ा?"

"बाबूजी ने," मैंने सिर झुका लिया।

"आश्चर्य होता है, उन्होंने मुझसे एक बार कुछ पूछना भी उचित नहीं समझा। मैं तो समझ गया था कि मामला कुछ गड़बड़ है, नहीं तो जीजाजी, तेरे आने की सूचना दामाद को न देकर क्या मुझे देते? उसने तुझे बुलाया है क्या? टिकट भेजा था यहाँ से?"

"नहीं," मैंने सिर हिलाया।

"और तू बिना बुलाए ही इतनी दूर आ गई?"

मेरी गीली आँखें शायद उन्होंने देख ली थीं, एकाएक उनका खीजा-झुँझलाया स्वर, नरम हो उठा, "एक बात तुझे समझा दूँ ललिता, यह देश स्वार्थपरकों का देश है, यहाँ जैसे भारत की रेजगारी नहीं भुनती, वैसे ही वहाँ के संस्कारों की रेजगारी भी हम नहीं भुना सकते। तेरी शादी को अब एक वर्ष होने को है, चाहने पर वह दूसरे ही महीने तुझे यहाँ बुला सकता था। तू यदि यह सोच रही है कि वह तुझे वैसा ही मिलेगा जैसा भारत में था तो यू आर सैडली मिस्टेकेन। अब भी यदि कोई ऐसी-वैसी बात हो गई तो यह मत सोचना, विदेश में तेरा कोई नहीं है। रक्त-मांस की डोर

सहज में नहीं टूटती ललिता।"

मामा के उस अन्तिम वाक्य ने मुझे चौंका दिया। तब क्या मामा को अपने किए का पश्चात्ताप होने लगा था? क्या अपनी अपापबिद्ध पत्नी के प्रति किया गया अन्याय, उन्हें विगलित करने लगा था? क्या, इस विलास के समस्त साधनों से परिपूर्ण गृह की कृत्रिम सज्जा में, धधकती बिजली के बनावटी अग्निस्तूप में, उन्हें उस नीची ढालू छत के अपने ग्राम के उस पहाड़ी मकान की याद आ रही थी, जहाँ शीशम के द्वारों पर बनी, काठ के द्वारपालों की मूर्तियों की अवनत मूँछों पर, बाज के धधकते कोयले और डीठों की आँच, सदा-सदा के लिए अपनी सुवासित धूम्रकुंडली की मोहक सुगन्ध छोड़ गई थी?

क्या, अपने इस 'मस्क' आफ्टर शेव लोशन से मिलती-जुलती नानी के उस हिरन की खाल मढ़े पिटारे की सुगन्ध से उनके नथुने नहीं फड़क रहे थे, जिसमें घर भर के गरम कपड़े बन्द रहते थे और जिन्हें निकालते ही पूरे कमरे में कस्तूरी के बीड़ों की सुवास महमह महकने लगती थी? अपने इन नकली विदेशी गलीचों को देख, क्या उन्हें मेरे ननिहाल के उन तिब्बती दन चुटकों की याद आ रही थी, जिनके हरे-पीले-गुलाबी चटक रंगों की धूमिल पड़ गई बिनाई को हम उनके साथ, बर्फ की पहली फुहारों में पीट-पीट कर पुनरुज्वल करते थे? इस विराटकाया नवीन जीवनसहचरी के बाहुपाश में बँधे मेरे निर्वीर्य छोटे मामा, क्या मेरी सुन्दरी छोटी मामी को, सचमुच ऐसी हृदयहीनता से भूल गए कि एक बार एकान्त में भी उसके बारे में मुझसे कुछ नहीं पूछा। वह मामी, जो छूने से भी मैली होती थी, वह मामी जिसे देखकर लगता था, अभी उसके दूध के दाँत भी नहीं टूटे, वह मामी, जिसके कभी पान न खाने पर भी दोनों होंठ, टुकटुक लाल रहते। जब उसे मामा के विवाह का समाचार मिला तो वह पागल-सी हो गई थी। न किसी से बोलती, न हँसती, न कहीं जाती। नानी मृत्युशैय्या पर पड़ी थीं, उनके लिए यह एक ऐसा आघात सिद्ध हुआ, कि वे फिर उठ नहीं पाईं। सब जानते थे, कि छोटे मामा ही में उनके प्राण अटके है, छोटी मामी, अब उनके सिरहाने से एक पल को भी नहीं हटतीं—मृत्यु के एक दिन पहले मैं भी पहुँच गई थी। मुझे देखते ही नानी ने व्यग्र होकर मेरा हाथ पकड़ लिया, "तू आ गई ललती, देख आज ही अपने छोटे मामा को चिट्ठी लिख दे, अभागे से कहना—मैं मरूँ तो मुझे पिंड न दे।" पर, वहाँ पिंड देने आ ही कौन रहा

था। नानी की मृत्यु के बाद, छोटी मामी की स्थिति और दयनीय हो उठी थी। एक बार जी में आया कहूँ, "मामा, तुमने मामी के साथ बहुत अन्याय किया है, कुछ खर्चा तो उन्हें भेज ही सकते हो।" पर जितनी ही बार कुछ कहने की चेष्टा करती, सिंहिका-सी विदेशिनी मामी, उनका माया ग्रास मुँह में भर लेती। क्या वह जानती थी कि छोटे मामा ने ऐसे अक्षम्य अपराध किया है? क्या सौत के अस्तित्व से उसका परिचय था?

पर न मैं उससे कुछ कह पाई, न मामा से। दूसरे दिन मामा ने चलने को कहा, और मैं सूटकेस लेकर तैयार हो गई, तो मामा कहने लगे, "मेरा कहना मान तो एक बैग लेकर ही चल, सब ठीक रहा तो मैं तेरा सूटकेस कल पहुँचा दूँगा।"

"क्यों?" मैंने शंकित दृष्टि से उन्हें देखा।

"अच्छा-अच्छा, चल ठीक है। पर देख, मैं बाहर से ही लौट जाऊँगा—तेरे पति से मैं एक बार उलझ चुका हूँ। उसने अपमानित कर ही मुझे एक बार घर से निकाला है, दूसरी बार मैं, उससे मिलना नहीं चाहता।" एक भयावह संभावना मुझे कँपा गई। तब, क्या मामा उन्हें जानते थे? क्या मेरे पति के अतीत का कोई रहस्यमय प्रकरण मामा पढ़ चुके थे?

जी में आया, मामा को झकझोर डालूँ—मामा, क्या उनके प्रवासी जीवन के किसी प्रच्छन्न रहस्य की अभिज्ञता ही तुम्हें इस संशय में डाल रही है कि मैं वहाँ जाकर उल्टे पाँव लौट आऊँगी।

बाबूजी ने मामा ही को तो एक बार लिखा था कि तुम जाकर पता लगाना क्यों वह ललिता को अपने पास बुलवाने में, जान-बूझकर ऐसा ढील-ढिलाव कर रहा है?

पर यह भी मामा का कैसा अन्याय था! कुछ देख भी लिया था तो हमें लिख तो सकते ही थे, पर दूसरे ही क्षण मुझे अविवेकी-मूर्ख चित्त ने स्वयं अपने को दिलासा दिया—जिस व्यक्ति ने स्वयं मुझे पसन्द किया था, और चार ही दिन में विवाह सम्पन्न कराने की जिद पकड़ ली थी, जिसके व्यवहार, जिसके पत्र और जिसके बार-बार मुझे अपने पास बुलाए जाने के आश्वासनों में, एक पल को भी मुझे कभी अभिनय का पुट नहीं दिखा, वह मुझे अब किस छलना के विवर्त्त में भटका सकता था?

"चलिए मामा," मैंने दृढ़ स्वर में कहा और वे एक बार फिर कुछ कहने को उद्यत हुए, पर फिर न जाने क्या सोचकर कार में बैठे, मेरे लिए दरवाज़ा

खोल दिया। मार्ग-भर वे एक शब्द भी नहीं बोले। आज सोचती हूँ, उस सुदीर्घ अवकाश का सुअवसर पाकर भी, मैं क्यों उनसे कुछ पूछ नहीं पाई? क्यों मैंने छोटी मामी के पक्ष में दी गई सशक्त दलीलों से उन्हें विचलित नहीं कर दिया?

पतिगृह की अनजान परिधि में ही मुझे उतारकर वे बोले, "वह तीसरी बड़ी-सी इमारत देख रही है ना? वह मेरा क्लब है। मैं आठ बजे तक तेरी प्रतीक्षा करूँगा, अभी पाँच बजे हैं।"

मैंने अपने सारे प्रश्न, अपने ही कंठ में घुटक लिए।

मुझे छोड़कर मामा बाहर ही से जाने लगे तो मैंने डरते-डरते पूछा, "अंदर नहीं आओगे मामा?"

"नहीं", उन्होंने दृढ़ स्वर में कहा, "पर मैं तेरे लिए आठ बजे तक रुका रहूँगा।"

"तुम चले जाओ मामा," मेरा स्वर खीज से तीखा हो उठा था, "मैं क्या अब तुम्हारे साथ लौटूँगी?"

एक विषाक्त दृष्टि मेरी ओर निक्षेपण कर मामा ने फिर अपनी जिद दुहराई—"नहीं, मैं तेरी प्रतीक्षा करूँगा।"

मैं जिस सांघातिक अपमान को झेलने पतिगृह की घंटी बजा स्वयं अपने दुर्भाग्य को न्योत रही थी, वह मामा शायद जान गए थे। पहले किसी ने प्रत्युत्तर नहीं दिया, मैंने दोबारा बटन दबाया और भीतर से तीखे नारी कंठ का चिड़चिड़ा स्वर आया, "कौन?"

मैं अपना किस नाम से परिचय दूँ, सोच ही रह थी कि द्वार खुल गया।

मेरे सम्मुख एक श्वेतवसना युवती खड़ी थी—साधारण लम्बोतरा चेहरा, सफेद स्कर्ट, वैसा ही कॉर्डिगन, अधरों पर गहरी लालिमा, सुनहले केश। गहन नीली आँखें, और तोते-सी किंचित् मुड़ी नाक। सूर्य समुद्र में कब की डूबकी लगा चुका था पर दिन, अभी शेष था। जितने ही आश्चर्य से मैं उसे देख रही थी, उतने ही अचरज से वह मुझे भी घूर रही थी।

"किससे मिला है, मेरे पति से?"

"जी नहीं, मैं अपने..." मैं वाक्य पूरा भी नहीं कर पाई थी कि वह मुझे भीतर खींच कर ले गई। बड़े सम्भ्रम से उसने मेरे हाथ का सूटकेस थाम लिया। कमरा इतना प्रशस्त था कि एक साथ दस-बारह लोग भी आ जाएँ

तो भीड़ न लगे। एक कुरसी पर एक बूढ़ा अंग्रेज बैठा था।

"मेरे पिता," उसने परिचय दिया, साथ ही उसके पिता सम्भ्रम उठकर, ऐसी आत्मीयता से मेरा हाथ पकड़कर हिलाने लगे, जैसे मैं कोई अनजान अतिथि न होकर उनकी पूर्वपरिचिता निकटस्थ आत्मीया हूँ।

"मेरे पति बाहर गए हैं, अभी आते ही होंगे। आप भारत से आई हैं," उसने मेरे सूटकेस को ऐसी दृष्टि से देखा जैसे समझ गई हो, मैं वहाँ रहने आई हूँ। एक पल को उस चेहरे की कमनीयता उसी अभिज्ञता ने विलुप्त कर दी।

"अपने, अपने आने की कोई सूचना नहीं दी। क्षमा कीजिएगा, पर क्या आप मेरे पति की कोई निकटस्थ आत्मीया हैं?"

मेरी अपदस्थता शायद उसने भाँप ली, और उसी क्षण अपनी चतुर जाति और जन्मजात शिष्टाचारिता का पाँसा फेक, हँसकर बोली, "आश्चर्य है कि आज तक सुडीर ने मुझे कभी तुम जैसी सुन्दर आत्मीया की चर्चा भी नहीं की।"

फिर बालसुलभ कौतूहल से, उसने अनजाने में ही, मेरी आगे आ गई चोटी को हाथ में लेकर पूछा, "क्षमा कीजिएगा, पर ये क्या आपके असली बाल हैं?"

कभी प्रशंसापूर्ण दृष्टि से वह मेरी चोटी, कभी साड़ी के आँचल, और कभी कमर में खुसे चाँदी के चाबी के गुच्छे को देखने लगी।

मामा ने कहीं मुझे गलती से किसी दूसरे के अनजान गृह में तो नहीं भेज दिया?

क्षमा करें, मैंने साहस कर पूछ ही लिया, "यहाँ..."

सहसा घंटी बजी और मेरे अधूरे प्रश्न को अधूरा ही छोड़ वह उठ गई।

"सुडीर, देखो तुम्हारी अतिथि कब से तुम्हारी प्रतीक्षा में बैठी हैं।"

मुझे देखते ही सुधीर का चेहरा फक पड़ गया। मैं आज शब्दों में, उस सफेद चेहरे को नहीं बाँध सकती, पर मुझे एक पल को लगा, उसके रक्तशून्य चेहरे की आँखें, मुर्दे की स्थिर आँखें बन गई हैं। फिर एक पल में उसने जन्मजात अभिनेता की भाँति, बड़े लाड़ से लपक कर मेरे दोनों हाथ थाम लिए, उस स्पर्श के साथ ही अब तक अवचेतन में कोई सहस्त्र रससिक्त स्मृतियों ने मेरा सर्वांग सिहरा दिया। मुझे लगा, उसने मेरे दोनों हाथ ही नहीं थामे, मुझे गोद में उठाकर तेजी से चक्राकर घुमा, मुझे फिर जमीन पर छोड़

दिया है।

"फिलिस, यह मेरे सगे चाचा की लड़की है। क्यों, तुमने लिखा भी नहीं, तुम आ रही हो?" अंग्रेजी ही में वह मुझसे व्यर्थ मिथ्या कैफियतें माँगता जा रहा था।

"मीट माई कजन डैडी," वह कुर्सी पर बैठे वृद्ध की ओर मुड़ा।

एक पल को एयरपोर्ट पर खड़े, अपने वृद्ध पिता की दुर्बल देह की स्मृति मुझे पागल बना गई। मुझे विदा दे रहा दूर से हिलता उनका दुबला हाथ, फिर किसी शून्य अन्तरिक्ष में हिलता मुझे विह्वल कर उठा। मेरे तमतमाए चेहरे को देखकर, एक क्षण को वह अप्रस्तुत हुआ, फिर उसी निर्लज्ज स्वाभाविकता से बोला, "फिलिस, तुम चाय बना लाओ, बेचारी थक गई होगी। मैं तब तक अखबार ले आऊँ। आप भी चलेंगे डैडी?"

अब मुझे लगता है, वह मुझे जान-बूझकर ही अकेली छोड़ गया था, जिससे सब कुछ देख-सुन मैं सुअवसर पाते ही भाग निकलूँ।

"मेरे पति के ऐसे घर आए अतिथि को छोड़ अखबार लेने चले जाने का बुरा न माना, " फिलिस ने बड़े दुलार से मेरा हाथ थम कर कहा, "डैडी के साथ, ठीक इसी समय अखबार लाने का उसका नियम-सा बन गया है, तुम बैठो, मैं चाय लेकर आती हूँ..."

मुझे जैसे किसी ने कील से जमीन में गाड़ दिया था, शरीर के साथ-साथ शायद मेरा दिमाग भी अवश हो गया था।

हाथ में ट्रे लेकर, वह फिर मुसकरा कर कहने लगी, "सुडीर स्वभाव का ऐसा फक्कड़ है कि डैडी उसे 'इंडियन फकीर' कहकर पुकारते हैं।"

उसे इंडियन फकीर के फक्कड़ स्वभाव की अलमस्ती का, क्या मैं यथेष्ट परिचय नहीं पा चुकी थी?

पर शायद, ठीक ही नाम धरा था फिलिस के डैडी ने—साँप और फकीर का क्या एक घर होता है?

"तुम अगर बुरा न मोनों तो मैं अधूरे सूप को पूरा कर आऊँ?"

मैंने सिर हिला दिया, उस अधूरे सूप ने ही मुझे उबार लिया था।

मुझे, फिर अपना निर्णय लेने में एक पल का भी विलम्ब नहीं हुआ। सूटकेस थामकर, मैं चुपचाप बाहर निकल आई। वह अपना इतना बड़ा अपमान लेकर, मैं मामा के पास नहीं जाऊँगी।

पाँच

"कैसी मूर्ख हो तुम," यहीं पर मैंने उस शान्त सहिष्णु ललिता को झकझोर कर रख दिया—"इतने बड़े अन्याय को तुमने चुपचाप सह लिया?"

"करती क्या मौसी?" उसका उत्तर मुझे निरुत्तर कर गया। "उस अनजान बस्ती में एक भद्दा नाटक ही तो प्रस्तुत कर सकती थी मैं! किस गवाह को मैं वहाँ खड़ा कर सकती थी? क्या प्रमाण दे सकती थी कि मैं उसकी पत्नी हूँ—कौन विश्वास करता मेरी बातों का? और फिर, मान लीजिए, मैं चीख-चिल्ला कर प्रमाण जुटा, कानूनी बैसाखियाँ टेक अपने पति को पा भी लेती तो वह क्षण, मेरी विजय का, मेरे सुख का क्षण होता?"

"ऐसे बेहया अन्यायी को तुमने बिना दंड दिए ही छोड़ दिया, यह अपराध क्या उसके अपराध से कुछ कम है?"

"मेरा यह दृढ़ विश्वास है मौसी, दंड हम नहीं, स्वयं विधाता देता है, एक-न एक दिन इच्छाकृत अपराध का दंड अवश्य मिल सकता है।"

"तुम्हारे मामा ने तुम्हारी मदद नहीं की?"

"मदद मैंने माँगी ही कब थी, बेचारे न जाने कब तक क्लब में बैठे, मेरी प्रतीक्षा करते रहे होंगे। पागलों की भाँति मैं तेजी से चलती न जाने कितने मोड़ पार गई और अचानक भाग्य ने ही शायद मुझे उस उदार व्यक्ति से टकरा दिया।"

"हाइ बेबी," कह वह मेरा मार्ग अवरुद्ध कर खड़ा हो गया। मैं काँप गई, दैत्याकार नीग्रो का स्याह रंग, मोटे अधरों की विचित्र गढ़न, घुँघराले घने केशों का टोप की आकृति में बना छँटाव देख, मैंने सहमकर, कन्नी काटने की व्यर्थ चेष्टा की।

"नो-नो," कहता वह फिर हँसा—"समथिंग रांग बेबी?"

दो ही दिन पहले मामा से इस बदनाम बस्ती की कितनी ही कहानियाँ सुनी थीं। "लन्दन में अकेली मत निकलना विशेषकर इन बस्तियों में।" उन्होंने मुझे जो कुछ नाम गिनवाए थे, उसी में मैं उस दिन काँपता कलेजा लिए भटक रही थी। उस पर मामा ने मुझे इन्हीं कृष्ण-भुजंगवर्णी चेहरों के प्रति सचेत रहने की सीख दी थी।

वह फिर पूछने लगा, "क्या बात है बेबी, इतनी डरी क्यों लग रही हो?"

मेरे हाथ-पैर ठंडे पड़ गए। जीभ तालू से सट गई। कहाँ जाना था, क्या

मैं जानती थी?

"चलो मेरे साथ, डरो नहीं।" फिर, उसने बड़ी दुष्टता से एक आँख मींच कर मुझे आश्वस्त करने की चेष्टा की, "आई एम नाट ए बैड मैन बेबी।"

अब, जब अकेली पड़ी रहती हूँ तो उस दिन की याद कर कँपकपी होने लगती है। आश्चर्य होता है, कि दिन-रात अपनी छात्राओं को, कभी किसी अनजान व्यक्ति के साथ न जाने की सीख देनेवाली मैं, कैसे उस अपरिचित हब्शी के साथ चुपचाप चली गई! वह मेरे साथ कुछ भी कर सकता था, पर मैं किसी मन्त्रपूत डोर में बँधी उसके पीछे-पीछे चलने लगी। उसकी लम्बी-लम्बी टाँगों के साथ चलने में, मुझे एक प्रकार से दौड़ ही लगानी पड़ी थी। स्टेशन पहुँचकर उसी ने टिकट खरीदा, सर्द हवा में काँपती मैं उस अज्ञात व्यक्ति के साथ ट्यूब में बैठी। तीर की तेजी से ट्रेन चली तो मुझे लगा, मैं हवा में तैर रही हूँ। एक बार बरेली गई थी, गृहविज्ञान की परीक्षा लेने, जिद कर साथ की अध्यापिकाएँ मुझे एक अंग्रेजी फिल्म देखने खींच ले गई थीं, मेरे जीवन की वह पहली अंग्रेजी फिल्म थी, उसमें एक ऐसा ही दृश्य था, जब एक नीग्रो एक युवती को ऐसे ही बहला-फुसला कर, पाताल रेलयात्रा के बीच, उसकी हत्या कर भाग जाता है। पकड़े जाने पर वह अदालत में कहता है, वह एक नहीं, अनेक युवतियों की हत्या कर चुका है, उनका सर्वनाश कर उनकी हत्या करने में ही उसे परमानन्द आता है। "जो नारी एक बार मेरी हो चुकी हो वह किसी अन्य की न हो" ऐसी निर्लज्ज स्वीकारोक्ति के बाद, वह अदालत में ठठा कर हँसता है। वह वीभत्स हँसी ने, मुझे कई रातों तक सोने नहीं दिया था। मुझे लगा, अंग्रेजी फिल्म का वही हत्यारा, आज मुझसे सट कर बैठा वैसी ही योजना बना रहा था। मैं बैठी थरथर काँप उठी। केवल एक कॉर्डिगन और शॉल में मुझे ऐसे ठकठक काँपती देख उसने बड़ी सहानुभूति से मुझे देखा—"फीलिंग कोल्ड बेबी?" और फिर बिना मेरे उत्तर की प्रतीक्षा किए उठ कर, उसने अपना लम्बा कोट खोल मेरे कन्धों पर लपेट दिया, फिर मुझे अपनी दीर्घ बाँहों में घेर, अपनी सिल-सी चौड़ी छाती के पास सटा लिया, अपने कोट के साथ-साथ उसने शरीर की गरमाहट मुझ तक पहुँचा कर भी उसे सन्तोष नहीं हुआ, किसी पुराने वटवृक्ष की जटिल जटाओं जैसी लम्बी पशमी डारियोंवाले गुलूबन्द को मेरी गर्दन पर लपेट कर बोला—"घर चल कर गर्म कॉफी पिलाएँगे तुम्हें, तुम हिन्दुस्तानी तो बहुत चाय पीते हो ना?"

गंतव्य स्टेशन आने पर, बिजली की गति से खुलते-बन्द होते ट्यूबद्वारों से, उसने मुझे तेजी से निकाल लिया, तब ही उसकी दृष्टि मेरी चप्पलों पर पड़ी—"बिना जूते-मोजे के तुम इतनी दूर चली कैसे? आई एक सो सॉरी... मैं जानता तो तुम्हें इनती तेजी से न दौड़ाता। तुम्हें गोद में उठा लेता बेबी। तुम तो इतनी हल्की हो।" हँसकर उसने फिर काकवत् अपनी ग्रीवा बंकिम की 'पुअर-पुअर चाइल्ड' बड़बड़ाता वह मुझे एक बार फिर, अपनी बाँहों के घेरे में बाँध, कन्धे से सटा कर चलने लगा। उसके साथ, कई अन्धी गलियों को पार कर, मैं वृद्ध की हिलती दन्तपंक्ति-सी जिन खिड़कियों के नीचे खड़ी हुई, उसे देख लगा, मैं एक बार फिर भारत पहुँच गई हूँ। बहुत वर्ष पहले, एक बार नानी के साथ, उनके भाई के यहाँ कानपुर गई थी। उसी ईदगाह की, संकरी सुरंग-सी गलियों से घिरे क्या, उसी स्लम में पहुँच गई थी। यहाँ न कोई घंटी थी, न नेमप्लेट। 'मौम'—उसने द्वार खटखटाया और खट से बिजली जली। मोमबत्ती के-से, उसे मरियल आलोक से शायद दिए की लौ भी अधिक प्रकाश देती। 'कौन आर्थर?' बुढ़िया ने द्वार खोल और खड़ी ही रह गई।

"मौम, यह बेचारी मुझे सड़क पर रोती-भागती मिली, मैं साथ ले आया।"

"बहुत अच्छा किया आर्थर, आओ, अन्दर आओ, मैं तुम्हें गर्म चाय पिलाती हूँ, सारी थकान दूर हो जाएगी।" वह मुड़ी और तब ही मैंने देखा, वह अन्धी है। आर्थर ने बढ़कर, उससे मोमबत्ती अपने एक हाथ में ले ली और दूसरे हाथ से नेत्रहीन माँ का कन्धा पकड़कर, कमरे में ले गया। पीछे-पीछे मैं चल रही थी।

जीवन में आज तक, अनेक आत्मीय स्वजनों के साथ रही हूँ मौसी, पर विदेश में, उस अनजान परिवार ने, मेरी बाँह तक उस स्नेह से न गही होती, तो मैं शायद, उसी दिन ऊब कर आत्महत्या कर लेती, जिस दिन पतिगृह से अपमानित होकर इच्छाकृत निर्वासन का वरण किया था। जिसे मैंने दानव समझा था, वह देवदूत निकला। उस माँ-बेटे की सुशिष्टता का प्रमाण, मुझे दो ही दिन में मिल गया, दो दिन तक उन्होंने मुझसे एक भी कैफियत नहीं माँगी, न यह पूछा, मैं कौन हूँ, कहाँ से आई हूँ और न यह पूछा कि मैं क्यों ऐसी हताश होकर सड़क पर भाग रही थी। तीसरे दिन मैंने ही उन्हें सब कुछ बता दिया। उस अँधेरी कोठरी में, जहाँ का बल्ब, सदा किस मोतियाबिन्द से धुँधली आँख-सा ही धुँधआता था, उस नेत्रहीन वृद्धा और किसी निर्दोष

दन्तहीन शिशु-से भोले गृहस्वामी से मैं अपने जीवन की सबसे बड़ी लज्जास्पद घटना को, ज्यों-का-त्यों सुना गई।

सब कुछ सुन कर, आर्थर बिना एक शब्द कहे, गम्भीर मुँह बनाए खिड़की के पास खड़ा हो कर न जाने किस सोच में डूब गया, क्या उसके जीवन में भी उसके काले रंग को लेकर, कभी ऐसी ही अपमानजनक स्थिति आई थी? क्या उसके सरल प्रेम को भी, किसी ने ऐसे ही ठुकराया था? बुढ़िया ने मुझे टटोल कर अपनी छाती पर खींच लिया—'यू माइ पूअर डार्लिंग', कहती वह रोने लगी। मेरी आँखें में आँसू नहीं थे, परिस्थितियों के आकस्मिक आघात ने मुझे शायद पत्थर बना दिया था। आर्थर किसी कोयले की खान में काम करता था, दुर्गन्ध और कालिख से सना जब वह लौटता, तो उसकी अन्धी माँ को प्रतिदिन यही लगता कि बेटा मौत के मुँह से लौटा है।

"रोज सिर पर कफन बाँधकर खान में उतरता है आर्थर, जब तक आ नहीं जाता मैं काँपती रहती हूँ—इसे कुछ हो गया तो मैं कहाँ जाऊँगी, यह तो मेरा सब कुछ है।" अन्धी तो थी ही बेचारी, पार्किसन्स डिसीज से, उसका वामांग, रह-रहकर पीपल के पत्ते-सा थरथर काँपता रहता था, जरा-भी उत्तेजित होती तो कंपन भयावह रूप से बढ़ जाती। आर्थर ने, माँ के बार-बार कहने पर भी विवाह नहीं किया था। उसने विवाह कर लिया तो माँ का क्या होगा? कभी-कभी असहाय माँ की विचित्र बीमारी से ऊब कर, वह उसे झिड़क देता, "क्यों यह सब अपने हाथ से करती हो तुम?" एक बार, प्लेटें धोने में बुढ़िया के काँपते हाथों से सारी प्लेंटे एक साथ गिर कर चकनाचूर हो गई थीं। "तुमसे कितनी बार कहा है, आँखें देखती नहीं हैं, हाथ काँपता है तो यह सब मत किया करो।"

झिड़की दी गई अपराधी बालिका-सी ही उसकी माँ, चुपचाप सिर झुकाए कोने में खड़ी हो गई थी। प्लेट गिरने की आवाज़ सुन, मैं कमरे में आई तो आर्थर का तमतमाया चेहरा देख, मैंने ही टूटे काँच के टुकड़े झाड़-बहार दिएं थे। जब मातृभक्त आर्थर ही, कभी-कभी वृद्धा माँ की छोटी-मोटी त्रुटियों पर ऐसे झल्ला उठता था, तो क्या पत्नी आने पर, धीरे-धीरे एक बोझ बनी जा रही सास की अकर्मण्यता को वह सह पाएगी? मुझे अपनी नानी के साथ किया गया, बड़ी और मझली मामियों को दुर्व्यवहार याद हो आता। कितनी बातें सुनाई जाती थीं नानी को? तीर से भी तीखे व्यंग्यवाणों को झेलती नानी, बार-बार आकाश की ओर; काँपते हाथ जोड़कर कहतीं—"नारायण,

उठा लो अब प्रभु, सबकी ज़िन्दगीं में जहर घोल रही हूँ। सर्पिणी-सी अपनी ही संतान को निगल रही हूँ मैं।"

"वह तो निगल ही रही हैं," बड़ी मामी की तीखी आवाज़ कढ़ाही में छनछनाते बड़ों की छनछन को, म्लान करती भीतर चली आई थी—"बरसात के दिन, और सब गू-मूत बिस्तर में, ऐसी सड़ाँध आ रही है आज उस कमरे से, कि लग रहा है, मुर्दा सड़ रहा है। अरे, कम-से-कम यही बता दो कि चिलमची लगानी है। पाँच महीने का हमारी लक्ष्मी का बेटा तक 'उंह-उंह' कर बता देता है कि कुछ करेगा।" वे अपनी पुत्री के संतान की कार्यकुशलता का उदाहरण देतीं, "मेरे एक भी बच्चे ने कभी बिस्तर नहीं भिगोया, एक ये हैं कि अस्सी बरस की हो गई—खाने-पीने का सब होश हैं पर नरक करेंगी तो उंह-आह भी नहीं करेंगी—छिः, थू!"...

आर्थर की माँ ने ही बताया, कि एक बढ़ई की श्वेतांगिनी पुत्री आर्थर के प्रेम में पागल-सी हो गई थी। माता-पिता से विद्रोह कर, वह स्वयं ही उससे विवाह करने लंदन से वहाँ भाग आई थी, पर आर्थर ही उसे फिर उसके घर पहुँचा आया था। कहने लगा—"मैंने उसे समझा दिया हैं, विवाह होगा तो बच्चे भी होंगे, फिर उन्हें स्कूलों में वर्ण विद्वेष की आग में झुलसना होगा, जीवन-भर, वे उसी कुण्ठा से दग्ध होते रहेंगे, झुलसते रहेंगे, जिससे मैं झुलसा हूँ..."

"क्या तुम्हारे यहाँ भी यह सब कुछ है?" अंधी आँखों ने मुझसे पूछा।

मैं कैसे कहती—हाँ, हमारे यहाँ और भी घृणित ढंग से होता है। काली और गोरी चमड़ी का भेद, अब और विकृत हो गया है। अखबारों के विवाह-विज्ञापनों में, अभी भी कन्या के गौर वर्ण की विशेष माँग की जाती है, हरिजनों को अब भी मशालों-सा जलाया जाता है, वर्षो का दासत्व भोगकर भी हम अपनी आत्मा को मुक्त नहीं कर पाए हैं। सफेद चमड़ी को देखते ही हमारी विवश दुम अब भी उसी विवशता से हिलने लगती हैं, गोरी चमड़ी की भाषा, उनकी विकृत-संस्कृति, उनकी सभ्यता को पकड़ने हम अब भी ललक कर लपकते हैं, यह वर्ण-विद्वेष नहीं तो और क्या है?

सात दिन उसी अँधेरी कोठरी में बिताकर मैं लंदन का वैभव बिना देखे ही भारत लौट आई। लंदन से दूर उस झोपड़पट्टी-सी बस्ती में न मुझे किसी ने देखा, न मैं ही बाहर निकली। एक बार ऑर्थर ने ही प्रस्ताव रखा कि वह हर शनिवार को लंदन जाता है, मैं जब आई ही हूँ तो क्यों न वह मुझे घुमाकर कुछ दर्शनीय प्रसिद्ध ऐतिहासिक स्थान दिखा लाए? किन्तु, मैंने उसका

प्रस्ताव उसी क्षण फेर दिया, क्या यह संभावना, सदैव नहीं बनी रहेगी कि, किसी भी क्षण मैं उस प्रवंचक से टकरा जाऊँ, जिसके अतीत के क्षणिक स्पर्श की स्मृति, मुझे दिन-रात सहस्त्र बिच्छुओं का-सा डंक दे रही थी? ब्रिटिश म्यूजियम, हाइड पार्क, बकिंघम पैलेस के रंगीन चोबदार, सब कुछ देखने के अधूरे सपने, आँखों ही में लिए मैं भारत लौट आई। ऐसी व्यर्थ विदेशयात्रा कर, कोरी हंड़िया-सी भारत लौटनेवाली मैं शायद पहली भारतीय थी। ऑर्थर ने ही मेरे लौटने की सम्पूर्ण व्यवस्था कर दी थी। मैं चलने लगी, तो उसकी माँ ने मुझे छाती से चिपटा लिया, कहने लगी, "बच्ची, तुम अभी जवान हो, एक बार ठोकर खा ली तो क्या हुआ? उठकर खड़ी हो, और फिर सीना तानकर चलती रहो। इस बार, अच्छा लड़का देखकर, घर बसा लो।"

मैं उससे कैसे कहती कि हमारे देश में अब भी ब्राह्मण-दुहिता का अँगूठा, एक ही बार थामा जाता है, उसके संस्कार स्वयं ही उसे दूसरा अँगूठा थामने की अनुमति नहीं देते।

"कैसे नहीं देते," मैंने एक बार फिर उसे बड़े अधैर्य से टोक दिया था, "अलां को देख, उसने क्या तलाक लेकर एक मद्रासी से शादी नहीं कर ली? और अपनी वह? भरी अदालत में अपने नपुंसक पति के पौरुष की धज्जियाँ उड़ा, अब ठाठ से दूसरा विवाह कर रानी बन बैठी है।"

"अपनी-अपनी बात हैं मौसी, एक बार जुआ हारकर सर्वस्व गँवा चुकी हूँ, अब दूसरी बार मैं दाँव नहीं लगा सकती।"

ठीक ही कह रही थी वह। मैं क्या उसे नहीं जानती थी? उसकी गहरी जड़ें, उस जिद्दी पौधे की-सी जड़ें थीं, जिसको कलम कर, दूसरी धरा पर, लाख प्रयत्न करने पर, चतुर-से-चतुर बागवान भी कभी नहीं उगा सकता।

"ऑर्थर," मैंने चलने से पहले ऑर्थर से कहा, "मेरा एक काम कर दोगे?"

"कहो," वह थमककर खड़ा हो गया। मैंने अपने पर्स से सुधीर की रंगीन तसवीर निकाली, विवाह के वेश में, सेहरा बाँधे, पिसे चावलों के 'कुरमुरों' से ललाट विभूषित किए, रेशमी पीतांबर ओर रॉ सिल्क के सफेद कुर्ते पर जरीदार लाल दुशाला ओढ़े नौशा बना सुधीर मुसकरा रहा था। गले में फूलों का हार, माथे पर रोली का नुकीला तिलक—एक-एक सज्जा तसवीर में सजीव होकर उतर आई थीं। द्वाराचार के समय, उसके चचेरे भाई ने, उसी के विदेशी कैमरे से यह चित्र लिया था।

"यह तुम्हारा पति है?"

"था," मैंने कहा और कंठ का मंगलसूत्र निकालकर, उस तसवीर पर धर उसे थमा दिया।

"यह क्या? मुझे क्यों दे रही हो यह?" ऑर्थर कभी मुझे और कभी उस मंगलसूत्र-मंडित तसवीर को देख रहा था।

"हमारे यहाँ जब पति की मृत्यु होती है तो विवाह का चिह्न यह मंगलसूत्र, उसकी छाती पर धर दिया जाता है। वही कर रही हूँ–तुम तो हर शनिवार को लंदन ब्रिज जाते हो।"

"तो क्या उसे यह लौटा दूँ? पता दे सकती हो?"

"नहीं ऑर्थर, उसे नहीं लौटाना है, वह है ही कहाँ जो तुम उसे लौटाओगे। मेरे लिए तो वह मर चुका है–इसे तुम नदी में बहा देना।"

एक क्षण को, वह मुझे देखता रहा। फिर उसने मेरा चिबुक थाम, अपने कदर्य काले-मोटे अधर, मेरे ललाट पर रख दिए। और किसी पर-पुरूष ने ऐसा दुस्साहस किया होता, मैं उसका मुँह नोच लेती, उसकी आँखें निकाल लेती, किन्तु मुझे लगा, मैं जागेश्वर के गूढ़मंडप में खड़ी हूँ और धरा में धँसे उस अदृश्य शिवलिंग का स्पर्श ही मेरे ललाट को शीतल स्निग्ध कर गया है।

मेरी उड़ान के सब सहयात्री, एक-एक कर चेकिंग के लिए चले गए तो उसने मुझे बैग थमा कर कहा, "जाओ, ईश्वर तुम्हारी रक्षा करें।"

फिर बिना मेरी ओर देखे, वह तीर-सा निकल गया। उन सजल आँखों के आँसू कहीं मेरी ही उपस्थिति में नीचे न ढुलक पड़ें, इसीलिए ऐसे भाग गया क्या वह?

बाबूजी को बिना सूचित किए ही मैं आ गई। द्वार पर खड़ी देख वे पहले मुझे एकटक देखते रहे, फिर दोनों हाथों से सिर थाम कर बैठ गए। अन्त तक, उन्होंने मुझसे एक शब्द भी नहीं पूछा, शायद उनके सारे उत्तर उन्हें बिना प्रश्न पूछे ही, मेरे चेहरे पर लिखे मिल गए थे। धीरे-धीरे, मेरी और बाबूजी की लज्जा, पूरे ग्राम में फैल गई। मैं स्कूल जाती तो लड़कियाँ, अध्यापिकाएँ मेरे चेहरे को ऐसी सहानुभूति से देखने लगतीं कि मैं लज्जा और खिसियाहट से धरा में धँस जाती। यहाँ तक कि बात को खोद-खोद कर पूछनेवाली चौकीदारनी खिमुली ने भी मुझसे कुछ नहीं पूछा। शायद सब ने मेरे अदीठ फोड़े की असह्य टपकन को स्वयं भाँप लिया था और कोई भी अब मरे साँप को मारना नहीं चाह रहा था। मैं नित्य सिर झुकाए, स्कूल

जाती और सिर झुकाए घर लौट आती।

बाबूजी, इसके बाद फिर घर से बाहर नहीं निकले, उस दिन से जो खाट पकड़ी, बस जाने के ही दिन, सीधे अर्थी पर उतरे। एक बार जी में आया, बदली करवा लूँ, पर क्या होता बदली करा के, मेरा दुर्भाग्य, मेरी लज्जा क्या मुझे छोड़ देगी? यही तो नारी जीवन का सबसे बड़ा अभिशाप है मौसी, वह जहाँ जाती है, उसका अतीत, उससे पहले वहाँ पहुँच जाता है।

सारी रात ही बातों में बीत गई थी। मुझे सब कुछ सुना कर, ललिता के ह्रदय पर धरी शिला शायद उठ गई थी किन्तु अब वही शिला मेरी छाती पर आ गिरी थी। कैसा अन्याय हुआ था उसके साथ। पर मैं जानती थी कि वह जिद्दी लड़की न कभी अपने प्रति किए गए अन्याय का प्रतिशोध लेगी, न दूसरे परिवेश में ही रहना स्वीकार करेगी। मैं नहा-धोकर आई तो वह अपनी स्कूली कफनी लपेट चुकी थी।

ऊँची धोती, खुरदरा स्वेटर, काले शॉल का बुर्का, काँख में बदसूरत रजिस्टर और पैरों में सतरंगी मोजों पर डटे फौजी जूते।

कुमाऊँ मोटर यूनियन की पेट्रोल से गंधाती बस में मुझे बिठा, उसने मेरे पाँव छुए। "छुट्टियों में जरूर लखनऊ आना," मैने कहा तो मेरा गला भर आया किन्तु, उसके शांत निर्विकार चेहरे पर विछोह की रेखा भी नहीं उभरी। वह खड़ी हँसती रही।

"तू अब उतर ललिता, बस चलने को है।" मैंने कहा तो वह बड़े धैर्य से, यात्रियों की असंख्य पोटली-बुकचों, सेब की पेटियों को फाँदती, हिरनी-सी बाहर छिटक, मेरी खिड़की के पास खड़ी हो गई।

"अपना ध्यान रखना ललिता, लखनऊ जरूर आना, मुझे बहुत अच्छा लगेगा।" वह फिर हँसी, और उसकी वही हँसी मेरे ह्रदय में भाले-सी भीतर तक धँस गई। जेसे मैंने किसी मृत्युपथ के यात्री को, बरबस रोकने की चेष्टा की हो। मैंने खिड़की पर धरी, उसकी अराल अँगुलियों को धीरे से दबा कर विदा ली। कभी-कभी जब वाणी व्यर्थ होकर समस्त आयुध डाल देती है तो स्पर्श भी बहुत-कुछ कह जाता है। मैं नहीं जानती, मेरे उस क्षणिक स्पर्श ने, मेरे ह्रदय की वाणी का अनुरोध कहाँ तक पहुँचाया, पर वह एक शब्द भी नहीं बोली।

बस चली और वह खड़ी ही रही। उसने हाथ हिलाया, और फिर अपने चक्की के पाट-से जूतों से, कच्ची मिट्टी का पथ रौंदती चलने लगी। मैंने गर्दन निकाल कर देखा। धीमी पदचाप से, नतमुखी हेडमास्टरनी अपने स्कूल का उतार उतरती, धीरे-धीरे धूल के विवर्त्त में डूबती मेरी आँखों से ओझल हो गई।

●●●